KB000712

편지로
글쓰기

편지로
글쓰기

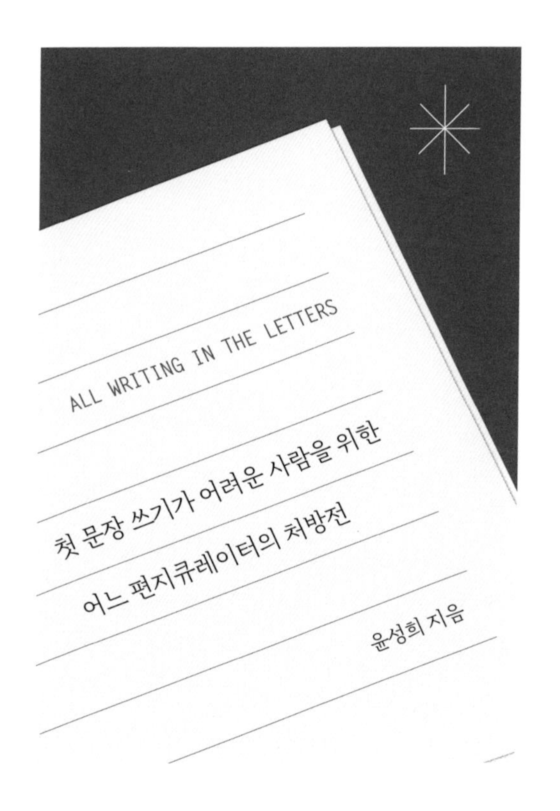

궁리
KungRee

◦ 일러두기

8장에 있는 저자의 감상문은 일부를 수록한 것으로
전문은 저자의 브런치스토리에서 볼 수 있습니다.

∘ 들어가며 ∘

나는 잡가로 살고 싶은 편지큐레이터다

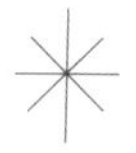

나는 '잡가'다. 내가 잡가가 된 경위는 이러하다. 사람들이 직업을 물어볼 때마다 '작가'라고 하면, 어떤 글을 쓰는 작가인지를 묻는데 딱히 대답을 할 수가 없었다. 방송 대본, 전시관 패널 카피, 기업 홍보 동영상 시나리오, 노래 가사, 기관 사보, 백서, 웹사이트에 올라가는 카피, 이러닝 콘텐츠 등 다양한 분야의 글을 쓰기 때문에 하나만 꼬집어서 말할 수가 없었다. 그래서 '잡다하게 다양한 글을 쓰는 사람'이라는 의미로 '잡가'라는 말을 만들어 소개했고, 나는 잡가가 되었다.

내 잡가 생활의 출발점에는 '편지'가 있다. 어릴 때부터 편지 쓰는 것을 좋아해 날마다 편지를 썼는데, 덕분에 저절로 글쓰기 연습이 됐다. 어떻게 편지를 써야 읽는 사람이 좋아하는가를 생각하고, 더 좋은 문장을 쓰기 위해 책을 읽고 문장을 옮겨 적으며 공부를 하다 보니 글쓰기 연습이 된 것이다. 그러다 다른 사람이 쓴 편지를 찾아 읽게 되었다. 나보다 먼저 이 세상에 살다 간 선인들이 남긴 편지를 읽으며 글을 쓰는 법과 다른 사람을 위로하는 법, 세상을 바라보는 법을 배웠다. 나는 편지에서 배운 것들을 소개하고 싶어서 글을 쓰거나 강의를 했다. 그렇게 편지를 소개하는 '편지큐레이터'가 되었다.

편지큐레이터로 지상에 남은 편지를 소개하고, 그들의 편지를 현대인의 시선으로 재해석해 나누면서 사람들이 가진 갈망을 보게 됐다. 그들 안에는 다른 사람에게 내 생각을 제대로 전달하고 싶다는 바람이 있었다. 글에 대한 갈망이었다. 그들은 글로 마음을 표현하려고 해도 첫 문장을 쓰는 게 쉽지 않고, 첫 문장을 썼다고 해도 한 편의 글을 완성하는 게 어렵다고 토로했다. 나는 그들에게 쉽게 글을 쓰는 법을 소개하고 싶었다. 글이란 건 특별한 사람만 쓰는 것이 아니라, 누구나 쓸 수 있다는 것을 공유하고 싶었기 때문이다. 그래서 한 사람에게 편지를 쓰듯 가볍게 글을 쓰는 방법을 알려주는 수업을 만들었다. 바로 '편지로 글쓰기'다.

편지라고 하면 한 사람이 다른 사람에게 안부를 전하는 글이라고만 생각하기 쉽다. 그러나 편지로 다양한 장르의 글을 쓸 수 있다. 자기소개서, 일기, 감상문, 기행문, 설명문, 에세이, 소설 등 원하기만 하면 어떤 장르든 가능하다. 우리가 몰랐거나 관심이 없었을 뿐이다. 편지로 쓰는 서간체 글이 가독성을 떨어뜨린다는 이유로 거부감을 가지는 사람이 있다. 수신인과 발신인 사이에 주고받는 사사로운 이야기를 제3자가 이해하기 어렵다는 이유다. 혹시라도 이 때문에 편지로 글쓰기가 두렵다면 걱정하지 않아도 좋다. 이 책에는 서간체로 글을 써도 객관성을 유지할 수 있도록 글쓰기의 기본을 함께 설명했다. 이 책을 통해 글쓰기 연습을 시작하는 사람은 한 사람을 향해 글을 쓰겠지만, 우리의 최종 독자는 미지의 불특정 다수다. 나는 이 책의 독자가 편지로 글을 쓰는 연습을 통해서 여러 분야의 글을 쓰는 '잡가'가 되기를 바란다. 책에서 소개한 글쓰기의 기본 구조를 익히고, 다양한 장르를 하나씩 살피면서 연습을 해본다면 잡가가 될 수 있을 것이다.

당신이 친한 사람에게 편지 한 통을 쓰듯 가볍게 글을 쓸 수 있게 되기를 바란다. 그리하여 쓸 수 있는 용기를 내기를, 글에 대한 두려움과 작별하고 나만의 글을 쓰는 작가로 거듭나기를 기대한다.

2024년 봄

윤성희

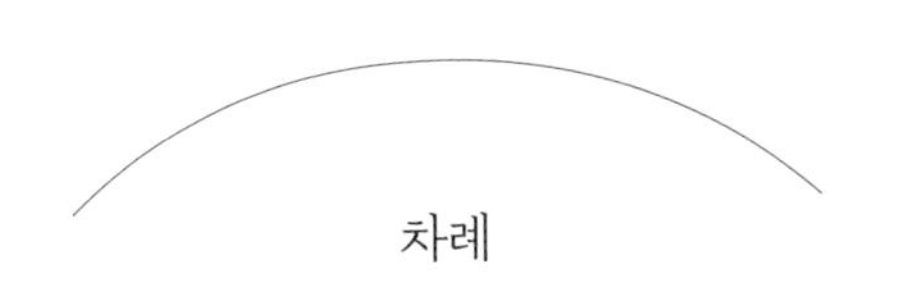

차례

3부 편지로 글 쓰는 사람의 자세

1부

편지로 글 쓰기 전에

1

편지로 글을 쓰는 이유

유명 작가의 시작에는 편지가 있다

괴테, 도스토옙스키, 세비녜

편지로 글을 써서 스타 작가된 남자가 있다. 그는 한 여인을 사랑하게 됐으나, 마음을 직접 전할 수 없어 괴롭다는 내용을 편지에 담는다. 그러나 편지의 수신인은 사랑하는 여인이 아닌, 자신의 친구다. 남자는 차마 편지로도 사랑의 마음을 전할 수가 없어 친구에게 요동치는 마음을 고백한다. 남자가 쓴 편지가 책으로 묶여 출판되었을 때, 세상 사람들은 열광했다. 편지 속 주인공에게 동요되어 함께 슬퍼

하고 같이 괴로워했으며, 사랑으로 가득 찬 마음을 어쩌지 못하는 주인공의 마음에 깊이 공감했다. 그의 편지는 이성의 시대가 끝나고 자신의 감정을 드러낼 수 있는 감성의 시대가 열렸음을 알리는 신호탄이 되었다. 편지로 글을 써서 세상의 트렌드를 바꾼 남자는 세계가 주목하는 베스트셀러 작가가 되었다.

그런가 하면, 편지로 서간 문학의 최고봉 자리에 오른 여자가 있다. 72년의 삶을 살면서 그가 남긴 편지는 모두 1만 8천 통인데, 사라진 편지까지 모두 합치면 평생 동안 4만 5천 통의 편지를 썼을 것이라고 전해진다. 그가 쓴 편지를 받은 수신인은 2천 명이 넘고, 가장 길게 쓴 편지는 200자 원고지 190여 장에 달한다. 소설가가 직업이었던 여자는 소설은 물론 희곡과 시, 평론과 수필, 일기와 기행문 등을 쓰면서도 끊임없이 편지를 썼다. 1864년 서간집으로 출판된 그의 편지는 1964년 조르주 뤼뱅George Ruben에 의해 한 권의 책으로 묶이기 시작해 1995년까지 스물여섯 권으로 출간되었다.

편지로 글을 쓴 사람은 『젊은 베르테르의 슬픔』으로 스타 작가가 된 요한 볼프강 폰 괴테Johann Wolfgang von Goethe나, 뜨

거운 심장을 지닌 '정열의 화신'으로 꼽히는 조르주 상드Georges Sand만이 아니다. 『죄와 벌』, 『카라마조프의 형제들』을 쓴 러시아를 대표하는 세계적인 문호 표도르 미하일로비치 도스토옙스키Fyodor Mikhailovich Dostoevskii도 편지로 쓴 『가난한 사람들』로 작가가 되었고, 인쇄업자였던 새뮤얼 리처드슨Samuel Richardson도 서간체 소설 『파멜라』로 유명 작가로 등극했다.

문학사에 중요한 위치를 차지하는 작가들이 편지로 글을 썼다고 하니, 대작가쯤 되어야 편지로 글을 쉽게 쓸 수 있다고 생각할지 모르겠다. 그렇지 않다. 대작가가 아닌 평범한 사람도 편지로 글을 쓸 수 있고, 작가라는 타이틀을 거머쥘 수 있다. 실제로 프랑스에서는 결혼한 딸에게 쓴 편지만으로 작가가 된 사람이 있다. '세비녜 부인'이라 불리는 마리 드 세비녜Marquise de Sévigné가 주인공이다. 세비녜 부인은 남편이 죽고 두 명의 자녀를 홀로 키웠다. 그러다 사랑하는 딸이 결혼을 해 다른 지방으로 떠나자 25년 동안 끊임없이 편지를 쓴다. 파리 사교계의 생활과 자신이 읽은 책 이야기, 영지領地에서 머물며 생활한 이야기 등 자신을 둘러싼 삶의 이야기를 자신만의 문체로 옮겨 적는다. 그의 편지는 사후에 가족들에 의해 출판되었고, 고전주의를 연구하는 데 중요한 작품이 되었다. 세비녜는 결혼한 딸에게 편지를 썼을 뿐인데, 자신도 모르게 고전주의를 대표하는 작가가 된 것이다.

100여 년 전 말고 현대를 살아가는 사람 중에도 편지를 쓰다가 작가가 된 사람이 있을까? 그것이 궁금할 이들을 위해 A의 이야기를 소개하겠다. A의 어릴 적 꿈은 가수였다. 노래하는 것을 좋아했고, 다행히 목소리도 좋았다. A는 TV에 나오는 유명한 가수들을 보며 자신도 커서 노래하는 사람이 될 거라고 생각했다. 그러나 초등학교 5학년 겨울 방학 때, 예상하지 못한 체험을 한다. 방학 숙제로 제출한 세 편의 독후감이 모두 우수작으로 선정되면서 수상을 했기 때문이다. 글쓰기와는 거리가 멀다고 생각했던 A는 깜짝 놀랐다. 그동안 책을 많이 읽은 것도 아니고, 그렇다고 글을 쓴 경험이 많은 것도 아니었다. 그저 방학이면 친구들과 선생님들께 안부편지를 썼고, 때때로 일기장에 '오늘은'으로 시작하는 일기 대신 누군가에게 편지를 썼을 뿐이다. 방학 숙제인 독후감도 쉽게 쓰기 위해서 『소공녀 세라』를 읽고 주인공 세라에게 편지를 썼는데, 선생님은 이 작품을 특히 칭찬하며 글쓰기를 멈추지 말라고 격려하셨다.

이날 이후 A는 글 쓸 기회를 많이 만들었다. 반 대표로 누군가 글을 써야 할 일이 생기면 자진해서 손을 들었고, 떠오르는 생각들을 노트에 적었다. 중학생 때는 날마다 친구들에게 편지를 쓰며 쓰는 연습을 했고, 고등학생 때는 한 친구에게 보낼 편지를 노트에다 적어 3년 후 여덟 권의 노트를 선물하기도 했다. 그는 성인이 된 후에도 편지 쓰기를 멈추지 않았다. 일기에도 편지를 쓰고, 책을 읽고 독후감도 편지로 썼다. 여행을 다녀오면 기행문도 편지로 썼고, 무언가를 설명하는 글도 편지로 썼다. 그러면서 깨달았다. 편지로 세상에 존재하는 모든 종류의 글을 쓸 수 있다는 것을. 편지로 글을 쓰기 시작하면 글쓰기에 대한 두려움을 물리칠 수 있다는 것을. A는 이런 사실을 많은 사람들에게 알리고 싶었다. 그래서 '편지로 글쓰기'라는 강의를 기획해 글쓰기 강의를 시작했고, 급기야 책으로 쓰게 됐다. 그렇다. A는 바로 나다.

들키고 싶은 마음

수신인이 있다는 것

편지로 글을 쓴다고 하면 사람들은 서간체로 쓰는 것만을 생각한다. 그러나 편지로 글쓰기는 문체만을 특정하지 않는다. 그보다 더 중요하게 생각하는 의미가 있다. '한 사람에게 편지를 보내듯이 가볍게 글을 쓴다'는 의미다. 글을 처음 쓰는 사람들이 글 앞에서 망설이는 이유는 어떻게 시작해야 할지 모르기 때문이기도 하지만, 내가 쓴 글을 읽는 독자가 불특정 다수라는 부담감 때문이기도 하다. 내가 쓴 글을 누군가 읽어주기를 바라지만, 그렇다고 불특정 다수에게 평가받는 것은 두렵다. 그래서 독자가 없는 비공개 블로그에 글을 올린다. 그러나 글은 읽어주는 사람이 있어야 존재의 의미를 갖는다. 평생 동안 나 혼자 쓰고 나 혼자 읽는 것에 만족하겠다면 비공개로 글을 쓰는 것도 방법이겠지만, 적어도 누군가 내 글을 읽어주기를 바라고 공감해주기를 바란다면, 단 한 사람의 독자에게라도 글을 보여야 한다.

불특정 다수의 독자가 부담스러운 사람들에게 편지는

훌륭한 글쓰기 수단이 된다. 많은 사람이 아니라 단 한 사람이 읽는다고 생각하고 글을 쓰면 되기 때문이다. 친구든 지인이든 누구든 내 글을 읽어줄 한 사람을 떠올리면서 글을 쓰면 쉽게 시작할 수 있다. 평가받는 글이 아니라 친구에게 말을 건네듯, 마음을 담아 전하는 편지라고 생각하면서 말이다.

편지로 글을 쓰는 것이 다른 글보다 쉬운 이유는 또 있다. 글을 문어체가 아니라 구어체로 쓸 수 있다는 점이다. 내가 생각하는 것을 어떤 문장 구조로 써야 하는지 고민하지 않고, 하고 싶은 말을 그대로 적기만 하면 된다. 수정은 차후의 문제다. 글을 쓸 때 내가 생각하는 것을 문장으로 옮길 수만 있어도 반은 성공이다. 편지로 글쓰기는 이 성공을 보장한다. 종이 위에다 펜으로 적든 컴퓨터 화면을 열고 자판으로 치든 내 앞에 이야기를 들어줄 한 사람이 있다고 생각하고, 입에서 나오는 소리를 옮겨 적기만 하면 되기 때문이다.

쓰고자 하는 사람에게는 '들키고 싶은 마음'이 있다. 누군가 내 마음을 알아주었으면 하는 바람이. 그러나 평가가 두려워서, 혹은 그럴듯한 문장으로 적어내는 것이 어려워서 글쓰기가 망설여진다면, 편지로 시작해보자. 한 사람에게 이야기를 건네듯 다정하고 가볍게.

다정한 글이 살아남는다

작가의 생존 전략

인류의 생존 전략을 이야기할 때 『다정한 것이 살아남는다』(디플롯, 2021)라는 책이 자주 회자된다. 이 책의 저자들은 흔히 강한 것이 살아남는다는 '적자생존'에 대해 언급하며 물리적인 힘이 강한 것보다 '친화력'이 좋은 것이 오랫동안 살아남는다고 말한다. 친화력은 '다른 사람들과 사이좋게 잘 어울리는 능력'으로 다정함을 뜻한다. 함께 있는 구성원에게 얼마나 마음을 쓰고 보듬고 공감하는가에 따라 생명체의 존재 유무가 결정된다는 의미다.

그렇다면 글은 어떨까? 글도 다정한 것이 살아남을까? 궁금하다면 지금 인터넷 서점에 접속해 '스테디셀러'를 클릭해보라. 오랫동안 많은 사람들의 선택을 받은 스테디셀러 목록에는 사람의 마음을 위로하는 '다정한 책'이 많다. 책뿐만이 아니다. 노래와 영화를 비롯해 유튜브나 SNS에 올라오는 짧은 글조차도 다정함을 품고 있는 것들이 사람들의 선택을 받는다. 선택의 힘은 위로와 공감에서 나온다. 노래 가사 속에서 혹은 영화의 한 장면에서 내가 위로받고 공감을 느끼면 마음에 새겨진다. 이렇게 새겨진 작품들은 입소문을 타고 널리 퍼져나가 살아남는다.

글이 살아남는다는 뜻에는 '오랫동안 존재한다'는 의미와 '읽힌다'는 의미가 있다. 좋은 작품으로 선택되어 스테디셀러로 오랫동안 존재한다는 의미도 있지만, 하루에도 수백, 수천 개의 글이 쏟아지는 '글라운드*'에서 흔적 없이 사라지지 않고, 독자에게 선택되어 읽힌다는 의미도 있다. 글을 처음 쓰는 사람에게는 후자가 중요하다. 일단 내가 쓴 글이 누군가에게 읽혀야 한다. 어떻게 해야 읽히는 글을 쓸 수 있을까? 나는 그 전략으로 '다정함'을 선택했고, 세상에 존재하는 가장 다정한 글인 편지로 글쓰기를 시작해보자고 제안하고 싶다.

---

* '글'과 '그라운드Ground'의 합성어로, 글이 펼쳐지는 장場을 말한다. 카피라이터 조양제가 만들었다.

2

틀린 글은 없다, 다른 글이 있을 뿐

다름은 다양함으로 파생된다

네 단어 쓰기

글의 사전적 의미는 '생각이나 일 따위의 내용을 글자로 나타낸 기록'이다. 조금 더 쉽게 풀이하자면 '내가 생각하고 있는 것을 문자로 표현한 것'이라고 할 수 있다. 뻔한 말 같지만 글을 쓰기에 앞서 글에 대한 정의를 마음에 새기는 것은 매우 중요하다. 글에 대한 두려움을 잠시나마 떨칠 수 있는 비결이 정의에 담겨 있기 때문이다. 글은 생각을 기록하는 것이다. 그냥 내 생각을 문자로 기록하면 된다. 생각에는 정답이 없어 틀릴 수 없다. 생각은 틀린 게 아니라 다른 것이고, 다름은 다양함으로 파생된다.

사람들이 얼마나 다양한 생각을 하는지 알아보기 위해서 강의에서 종종 '네 단어 쓰기'를 한다. 사람들에게 네 개의 단어를 주고 그 단어들을 이용해서 짧은 글을 쓰게 하는 것이다. 순서는 상관없다. 그저 네 개의 단어가 글 안에 모두 들어가기만 하면 된다. 길게 써도 좋고, 짧게 몇 줄로 써도 된다. 한 문장으로 쓰지 말고 두세 문장 이상으로만 쓰면 된다. 언젠가의 단어는 사막, 바람, 돌, 타자기였다. 어떤 이야기가 떠오르는가? 강의에 참석했던 사람들은 이런 글을 썼다.

제시어 : 사막, 바람, 돌, 타자기

(A)

마음에 **돌**이 내려앉은 것 같아 **타자기** 앞에 앉았다. 무어라도 써서 내어놓으면 가벼워질까 싶어서. **사막**에 **바람**이 휘몰아치면 눈이 시리기도 하지만, 새로운 땅이 나타나기도 한다지. 그렇게 적고 나니 정말로 마음**돌**이 사라

졌다. -임첼리-

(B)

어느 날 눈을 떠보니, 나는 **사막**에 있었다. 내 앞에는 **돌**과 **타자기**가 있었다. 나는 그것들을 무시하고 앞으로 가려고 했지만, **바람**이 자꾸 나를 다시 그곳으로 데려다 놓았다. 잠시 후 나는 깨달았다. 나를 데려다 놓은 것은 바람이 아니라 나의 마음이었다는 것을. -올리비아-

(C)

바람이 많이 부는 어느 날, 갑자기 떠난 **사막**으로의 여행. 모래 속에 숨겨진 오래된 **타자기**를 발견하고 돌아오다, **돌**부리에 걸려 넘어졌다. -수수-

나는 네 개의 단어를 주었을 뿐인데 다양한 글이 나왔다. 10명과 함께 하면 10개의 서로 다른 글이, 40명과 함께 하면 40개의 서로 다른 글이 나온다. 언젠가 기업에서 강의를 하며 80명과 함께 네 단어 쓰기를 했는데, 80개의 서로 다른 글이 나왔다. 학교에 가서 200명과 함께 했을 때도 마찬가지였다. 같은 글은 단 한 번도 나오지 않았다. 각자의 생각이 다르기 때문에 가능한 일이다.

글쓰기를 어려워하는 사람 중에는 누군가가 틀렸다고 지적할 것 같아 두렵다는 사람들이 있다. 그러나 글이 내 생각을 기록한 것이라는 정의에 따르면, 글은 틀릴 수 없다. 내 생각을 꺼내어 문자로 옮기는 과정에 '틀렸다'는 말이 들어설 자리가 없다는 뜻이다. 맞춤법이 틀릴 수는 있지만, 글을 처음 쓰는 사람들에게 맞춤법보다 중요한 것은 머릿속에 있는 생각을 꺼내는 작업이다. 그러니 누군가 틀렸다고 할 것에 지레 겁먹지 말고, 내 생각을 꺼내놓는다는 마음으로 시작하면 좋겠다. 내 생각과 다른 사람의 생각이 다른 것처럼, 나의 글과 다른 사람의 글이 다르다는 것을 기억하면서.

글쓰기를 시작하는 당신을 위해 네 개의 단어를 준비했다. 1번과 2번 중에 하나를 골라 짧은 글을 써보자. 정해진 답은 없다. 당신이 쓰는 글이 답이다.

제시어 1 사막, 바람, 돌, 타자기

제시어 2 바다, 휴대폰, 코끼리, 바다, 장미

당신이 언제나 쓸 수 없는 이유

번민, 제자리걸음, 맞춤법

'생각은 다르다'는 말을 가슴에 새기고 글을 쓰기로 마음을 먹어도, '완성'이라는 도착점까지 가기는 쉽지 않다. 글쓰기를 막는 크고 작은 돌들이 있기 때문이다. 어떤 날은 생각이 너무 많아 무엇을 써야 할지 모르겠고, 어떤 날은 도무지 아무 말도 생각이 나지 않아서 한 줄을 쓰기도 힘들다. 거기에 맞춤법에 대한 공포도 떨쳐버릴 수가 없다. 언제나 쓰지 못하는 이유가 써야 하는 이유보다 많다. 그러나 글쓰기를 다짐하고 이 책을 펼쳤으니, 완성으로 가는 길 위에 놓인 엄청난(알고 보면 별것아닌) 돌들을 하나씩 치워보자.

먼저 '생각이 많은 것'에 대한 이야기를 해보자. 글을 쓸 때 생각이 많은 것은 장점이 될 수도 있지만, 배를 산으로 끌고 가는 위험 요소가 될 수도 있다. 예를 들어 여행에 관한 글을 쓴다고 해보자. 여행에 관한 경험이 많을수록 쓸 수 있는 글감이 풍부할 것이다. 가장 기억에 남는 여행도 있을 것이고, 여행을 하면서 겪은 다양한 에피소드도 떠오를 것이다. 여행지에서 만났던 사람들과 그곳에서 만난 자연이나 건축물, 유적지 등도 생각날 것이다. 그러나 글 한 편에 내가 했던 모든 여행에 관한 내용을 다 쓸 수는 없으니 그중에서 하나의 이야기를 선택해야 한다.

이때 내가 가장 잘 쓸 수 있는 이야기를 고르는 것이 좋다. 여행하면서 보고 들으며 수집한 여행지 정보, 여행지에서 만난 인상 깊었던 사람, 사연을 가진 어떤 유적지나 장소… 이런 것들을 떠올리면서, 할 이야기가 가장 많은 것을 하나 선택하는 것이다. 그리고 그 이야기에 집중해서 글을 써나가면 된다. 여행지 정보를 이용해 그곳을 소개하는 글을 쓸 수 있고, 여행지에서 만난 사람을 떠올리면서 그를 어떻게 만났는지, 그와 어떤 이야기를 주고받았는지, 그가 나에게 남긴 것은 무엇인지 쓸 수 있다. 유적지에 관한 글을 쓴다면 그곳이 간직한 사연을 풀어내고, 그 공간이 지금 우리에게 어떤 의미를 주고 있는지 쓸 수 있다. 머릿속에 떠오르는 많은 이야기를 계속 덧붙이면 자칫 샛길로 빠져 길을 잃게 될 수도 있으니, 처음 글을 쓸 때는 깔끔하게 하나의 이야기를 쓴다고 생각하고 쭉 뻗어 있는 큰 도로를 그리면서 쓰자.

그다음 우리가 치워야 하는 돌은 '제자리걸음'이다. 어떤 사람은 써야 할 게 너무 많아 걱정이지만, 어떤 사람은 쓸 게 없어서 걱정이다. 도대체 뭘 써야 할지 몰라 첫 문장을 써놓고(혹은 첫 문장도 쓰지 못하고) 제자리에 서 있다. 너무 슬픈 일이 있어서 글을 쓰며 이 슬픔을 이겨보기로 결심했다고 치자. 첫 문장으로 '슬프다.'라고 썼다. 그런데 그 이후에 뭐라고 써야 할지 몰라 계속 '슬프다. 슬프다. 슬프다.' 만 쓰고 있다면 전형적인 제자리걸음을 하는 사람이다.

문장을 이어가기 위해서는 '고리'를 걸어야 한다. 앞 문장과 뒷 문장이 이어지도록 연결 고리를 걸어야 한다는 뜻이다. 고리를 걸 때 가장 먼저 생각할 수 있는 것이 '왜' 이다. 슬픈 감정을 쓰고 싶어서 '슬프다.'라는 문장을 적었다면, '왜 슬픈지'를 생각해보자. 슬픈 이유가 사랑하는 사람과 이별을 했기 때문이라면 '슬프다. 사랑하던 그와 헤어졌다.'라고 이어 쓸 수 있다. 그런 후에 또 '왜'를 생각해보면 헤어진 이유에 대해서 쓸 수 있을 것이고, 그 후에 다시 '왜'를 생각해보면 두 사람 사이에 있었던 일들을 하나씩 꺼내어 쓸 수 있을 것이다. '왜'를 생각하며 글을 다 썼다면 '그렇다면 나는 어떻게 할 것인가?'로 연결해 쓸 수 있다.

나는 이 슬픔을 어떻게 극복할 것인지, 이 슬픔이 나에게 어떤 깨달음을 주고 있는지 등을 생각하며 고리를 걸어서 글을 쓰면 한 발짝씩 앞으로 나갈 수 있다.

우리의 글길을 막는 또 다른 돌은 '맞춤법'이다. 의외로 많은 사람이 맞춤법이 어려워서 글을 쓰기가 힘들다고 고백한다. 글을 쓰는 사람에게 맞춤법은 중요하다. 맞춤법이 한 나라의 언어를 표기하는 규칙이기 때문이다. 그러나 글을 쓰고자 하는 마음이 맞춤법 때문에 꺾이는 것은 바람직하지 않다. 일단 맞춤법과 상관없이 쓰고자 하는 글을 쓴 후에 미심쩍은 부분은 하나하나 점검하면 된다. 인터넷에서 맞춤법 검사 기능을 이용해 확인할 수도 있고, 국립국어원 사이트를 활용할 수도 있다. 중요한 건 맞춤법의 공포에도 글을 쓰고자 하는 마음이 꺾이지 않는 것이다.

3

쓰는 사람 전에 읽는 사람이 있다

내가 읽을 책은 내가 정한다

나의 책 나이 찾기

책 읽기의 중요성은 세상 모든 사람이 알고 있다. 책을 읽으면 논리적이고 합리적으로 생각하는 것이 가능해지고, 이런 사고가 축적되면 비판적인 사고도 가질 수 있기 때문에 삶을 대하는 태도가 달라진다고 말이다. 그러나 AI 시대에 이런 말은 교과서에 박제된 이야기다. 책은 동영상을 이기지 못했고, 사람들을 붙잡지 못했다. 아이러니한 것은 읽는 사람은 줄고 있지만 쓰려는 사람은 늘고 있다는 것이다.

얼마 전, B에게 전화를 받았다. 자신이 하고 있는 일을 책으로 써서 출판하고 싶으니 조언을 해달라는 전화였다. B는 책으로 쓰려고 하는 내용을 이야기하며 아마도 세상에 없는 최초의 작품이 탄생할 것이라고 확신했다. 이 이야기를 들으며 정말 깜짝 놀랐다. B가 말한 책 내용에 놀란 것이 아니라, 그런 책이 시중에 수도 없이 나와 있다는 사실을 그가 모른다는 사실에 너무 놀랐다. B는 쓰려는 사람이었을 뿐, 읽는 사람은 아니었다.

글을 쓰는 이에게 쓰는 것만큼 중요한 것이 읽는 것이다. 책을 통해 내가 경험하지 못했던 것을 간접적으로 경험할 수 있고 생각의 폭을 확장해갈 수 있기 때문이다. 수많은 작가들이 책을 읽으면서 새로운 아이디어를 찾았고, 누군가 써놓은 한 줄을 읽고 상상의 나래를 펼쳐 대하드라마 같은 글을 썼다. 책을 읽지 않고 글을 잘 쓰기란 쉬운 일이 아니다. 새로운 아이디어를 모으거나 상상력을 키우려면 일단 읽어야 한다.

쓰는 것과 읽는 것은 동전의 양면과도 같다. 두 개의 면이 동전을 이루듯 쓰기와 읽기가 글을 이룬다. 그렇다면 쓰기 위해 어떤 책을 읽어야 할까? 많은 사람들이 독서를 시작하면서 추천 도서 목록을 찾는다. 유명한 대학에서 추천한 100권의 책이나, 유튜버가 리뷰하는 도서, 여러 단체에서 발표하는 추천 도서 목록을 뽑아 하나씩 지워간다. 그들의 추천도서가 내게 맞는 책이라면 목록을 지워가며 읽는 것도 좋다. 그러나 문제는 누군가 재밌다고 추천한 책이 나에게도 재밌으리라는 보장이 없다는 것이다. 나에게 맞는 책을 읽으려면 내가 찾는 수밖에 없다. 이때 가장 중요하게 체크해야 하는 것이 '책 나이'다.

나는 사람에게 두 개의 나이가 있다고 생각한다. 세상에서 통용되는 나이와 책을 읽어낼 수 있는 책 나이. 그러나 두 개의 나이는 다를 수 있다. 내가 40대라고 해서 책 나이 또한 40대라고 할 수는 없다. 책을 얼마나 읽어왔느냐에 따라 이해하고 받아들이는 품이 다르기 때문이다. 호적상 나이는 40대지만, 책 나이는 10대일 수 있다는 뜻이다.

몇 년 전, '초음파'에 관한 글을 청탁받은 적이 있다. 동물들이 사용하는 초음파, 건축물에 쓰이는 초음파, 병원에서 사용하는 초음파에 관해 써달라는 청탁이었다. 나는 단번에 수락했다. 동물들의 초음파는 돌고래 이야기를 쓰면 되고, 건축물에 쓰이는 초음파는 건축을 전공하고 관련 일을 하는 가족에게 물으면 되고, 병원에서 사용하는 초음파는 아이를 임신하고 낳으며 경험한 초음파 이야기를 쓰면 된다고 생각했기 때문이다. 그런데 청탁을 수락하고 컴퓨터 앞에 앉아서 글을 쓰려고 보니 한 줄도 쓸 수가 없었다. 초음파에 관한 지식이 생각보다 너무 부족했기 때문이다.

이 난관을 어떻게 해결해야 할까 고민하다가 국회도서관으로 갔다. 그리고 어린이 자료실에 들어가 초음파 관련 책들을 꺼내 읽었다. 덕분에 초음파는 박쥐들이 어두운 곳에서 부딪치지 않고 지나다니는 것을 목격한 이탈리아 생물학자 라차로 스팔란차니Lazzaro Spallanzani와 미국 동물학자 도널드 그리핀Donald R. Griffin의 연구 덕분에 밝혀졌다는 것을 알게 됐다. 또 다른 자료를 통해서 다람쥐 또한 먹이를 찾았을 때 그들만이 알아들을 수 있는 초음파 영역의 소리를 내서 동료들을 부른다는 것을 확인했다. 어린이 책으로 어느 정도 정보를 알게 된 나는 조금 더 어려운 책을 볼 수 있게 되었다. 건축물에 쓰이는 초음파를 찾아내기 위해 논문 자료를 검색해 읽은 것이다. 초음파에 대한 기본 정보를 습득한 후에 논문 자료를 읽었더니 어렵지 않게 이해가 되었다.

초음파에 관한 원고를 청탁받았을 때, 나의 책 나이는

어린이 수준이었다. 어린이 자료실에 있는 책을 읽을 수 있는 나이 정도였던 것이다. 이때 내가 어린이 자료실이 아니라 관련 논문부터 찾아봤다면 어땠을까? 아마도 나는 자료의 내용을 이해할 수 없어 난감했을 것이다. 어린이가 전문가의 글을 읽으려고 했으니 말이다.

글쓰기 연습을 하려면 내 책 나이에 맞는 책을 읽어야 한다. 세상이 나를 몇 살로 보든 상관없다. 어린이 책을 재밌게 읽을 수 있다면 어린이 책을 읽으면 되고, 청소년 책을 재밌게 읽을 수 있다면 청소년 책을 읽으면 된다. 어떤 분야의 책이냐에 따라서 내 책 나이는 다를 수 있다. 처음 접하는 분야일 땐 어린아이일 수 있고, 익숙한 분야일 땐 어른일 수 있다. 책 나이가 어린 건 결코 부끄러운 일이 아니다. 중요한 것은 내가 재미있게 읽는 것이다. 그렇게 읽기 시작해 책 나이를 한 살 한 살 늘려가는 일, 그것이 글을 쓰는 사람이 해야 하는 책 읽기가 아닐까.

문장이 자꾸만 밑줄을 그으라고 손짓할 때

한 줄 한 줄 수집하기

책 읽기를 시작하면 이제 '어떻게 읽어야 하는가?'라는 문제에 봉착한다. 책을 빠르게 읽어내며 짧은 시간 안에 다양한 정보를 습득할지, 천천히 한 장 한 장 읽으며 문장을 음미할지의 기로에 서게 되는 것이다. 하지만 고민할 필요 없다. 글을 쓰는 데 정답이 없는 것처럼 책을 읽는 방법에도 정답이 없기 때문이다. 그냥 각자의 스타일대로 읽으면 된다. 후루룩 빠르게 읽든 천천히 새기며 읽든, 내 몸 어딘가에 책 내용이 저장된다고 믿기만 하면 된다. 책을 읽긴 읽었는데 내용이 기억나지 않는다는 사람이 있다. 나도 그렇다. 내용이 기억나지 않는 것도 모자라 새로 책을 구입하려고 주문하면 이미 구입한 책 목록에 뜨기도 한다. 그래도 괜찮다. 내가 읽은 책이 내 몸 어딘가에 저장되어 있어 어떤 촉매제를 만나면 반드시 튀어나온다고 믿기 때문이다.

그러나 문장 공부를 하고 싶다면 얘기가 좀 달라진다. 빠르게 휙휙 읽기보다 한 줄 한 줄 천천히 읽으며 문장을 수집하는 데 집중해야 한다. 나는 책을 읽을 때 색연필과 펜을 준비한다. 읽다가 마음에 드는 문장이 있으면 색연필로 줄을 긋고, 떠오르는 생각이 있으면 바로 메모를 하기 때문이다. 책을 읽다 보면 문장이 신호를 보내올 때가 있다. 내 마음에 들어오겠다고 똑똑 노크를 한다. 나는 그런 문장에 밑줄을 긋는다. 그리고 그가 건넨 신호를 문장으로 기록한다. 다음은 인문학자 김경집이 히말라야를 걸으며 건진 생각을 기록한 『생각을 걷다』(휴, 2017)에 밑줄을 긋고 써놓은 생각들이다.

영혼의 속도가 삶의 속도를 따르지 못하면 어느 순간 다시는 재회하지 못할 것이다. (71쪽)

영혼의 속도와 삶의 속도가 일정하도록. 영혼과 삶이 손잡고 나란히 걸을 수 있어야 온전한 나로 살 수 있다.

구불구불한 길에서 비로소 삶이 보인다. (72쪽)

인생의 구불구불한 길에서 지난 길을 돌아볼 생각을 한다. 어떻게 여기까지 걸어온 걸까. 앞으로 걸어야 할 길들은 어떻게 걸어야 하는 걸까. 잠시 심호흡하며 가다듬는다. 울고 싶으면 소리 내어 울어도 본다. 마지막 눈물을 닦아내고 다시 출발하면 된다. 산등성이 어딘가에서 삶을 마치지 않으려면.

감당할 수 있는 경사만 허용해야 한다. (73쪽)

내 삶에 때때로 찾아오는 경사. 감당할 수 있는 곳으로 발을 디뎌야 한다. 생각하고 판단하면서!

책을 읽는 내내 문장이 자꾸 신호를 보내왔다. 이 문장 어때? 적어놨다가 다음에 활용해 봐, 이 얘기는 네 얘기 같지 않니?, 이 문장 보니까 생각나는 일 있지? 자, 어서 여기에 밑줄을 긋고 그때 일을 기록해 봐, 하고 말하는 것 같았다. 그래서 밑줄을 긋고 그 아래 떠오른 생각들을 적었다.

이렇게 문장을 수집하면 내가 적어둔 문장만으로도 한 편의 글을 쓸 수 있다. 끄적댄 몇 줄의 문장에 생각을 더해 글을 확장해가면 된다. 예를 들어 '내 삶에 때때로 찾아오는 경사傾斜'라는 문장에 생각을 더해본다고 하자. 내가 살면서 겪었던 어려움을 떠올리고, 그때의 일을 하나의 에피소드로 쓸 수 있다. 언제 만난 경사였는지, 경사의 각도는 어땠는지, 그때 어떤 곳으로 발을 디뎠는지, 한 발 한 발이 어떤 과정이었는지를 쓰면 된다. 그러면 〈내 삶의 경사〉와 같은 글을 쓸 수 있을 것이다.

우주정거장에서 고양이가 온 이유

다른 문장 만들기

책을 읽다 만난 문장은 '다른 문장 만들기'로도 활용할 수 있다. 문장 속에 있는 몇 개의 단어를 바꾸면 전혀 다른 이야기를 만드는 게 가능하다. 문장 연습을 하고 싶거나 새로운 아이디어를 발견하고 싶을 때 활용할 수 있는 방법이다. 그럼 **나에게 고양이가 왔다**는 문장으로 연습을 해보자. 먼저 문장을 어절로 나눈다. **나에게**, **고양이가**, **왔다**로 나눌 수 있다.

세 개의 어절 중에서 하나의 어절만 바꿔서 다른 뜻이 되게 해보자. 어떤 어절을 바꿔도 상관없다. **나에게**를 **엄마에게**, **친구에게**, **아들에게**, **노숙자에게** 등으로 바꾼다면 고양이를 만난 사람이 달라진다. 꼭 사람이 들어갈 필요도 없다. 생각을 확장해 전혀 다른 의미로 만들어보자. **천국에서**

라든가 **우주정거장에서**라든가 혹은 **음악회**에라고. 먼저 **천국에서 고양이가 왔다**를 살펴보자. 나에게를 천국에서로만 바꿨는데, 전혀 다른 이야기가 떠오른다. 천국에서 고양이가 왜 왔는지, 어떻게 왔는지 머릿속으로 상상의 나래를 펼칠 수 있다. **우주 정거장에서 고양이가 왔다**도 마찬가지다. 그 고양이는 왜 우 정거장에 있었을까? 그곳에서 어떻게 여기까지 온 걸까? 이런 걸 생각하다 보면 우주를 비행하고 있는 고양이 한 마리가 떠오르고, 생각의 생각을 확장하면 동화 한 편이 나올 수도 있다. **음악회에 고양이가 왔다**는 문장으로도 다양한 글쓰기가 가능하다. 학교에서 하는 작은 음악회인지, 예술의전당에서 하는 음악회인지, 아니면 야외에서 하는 음악회인지 설정할 수 있다. 내가 생각하는 장소에 따라 다른 에피소드를 쓸 수 있다.

그럼 이제 **고양이가**를 바꿔보자. 다른 동물이나 사람으로 바꿀 수도 있지만 한 번 더 비틀어 생각해보면 어떨까. 이 자리에도 어떤 단어를 넣느냐에 따라 글이 달라진다. **사랑**이라든가 **절망**, **지옥**, **봄**, **기쁨** 같은 것. **나에게 사랑이 왔다**라고 쓰면 사랑이 시작되는 이야기를 쓸 수 있고, **절망이 왔다**나 **지옥이 왔다**고 쓰면 내가 겪게 된 좌절과 아픔에 대해서 쓸 수 있다. **봄이 왔다**, **기쁨이 왔다**로 바꾸면 즐겁고 신나는 이야기를 펼칠 수 있게 된다.

왔다의 어절도 다양하게 바꾸는 게 가능하다. 이 부분을 말했다로 바꾸면 **나에게 고양이가 말했다**가 되면서 사람과 대화하는 고양이에 관한 이야기가 되고, **안겼다**로 바꾸면 **나에게 고양이가 안겼다**가 되어 집사를 선택한 어떤 고양이의 이야기가 된다. **화를 냈다**로 바꾸면 감정을 드러내는 고양이에 관한 이야기를 쓸 수 있다. 이렇게 어절 속에 있는 단어만 바꿔도 수많은 이야기를 만들 수 있다.

어딘가에서 만난 문장을 이용해 새로운 글을 쓰는 것은, 다른 사람의 문장을 도용하자는 얘기가 아니다. 내게 온 문장의 구조를 살펴보고, 다르게 바꿔보면서 나만의 문장을 만드는 연습을 해보자는 뜻이다. 좋은 글귀를 필사하면서 내 마음에 그 문장을 새기듯이, 책 속에서 만난 문장에 내 생각을 더하면서 생각의 전환을 해보면 좋겠다.

흔히 책을 새로운 세상을 만나는 곳이라고 한다. 맞다. 작가가 빚어놓은 문장들이 우리를 새로운 세상으로 안내한다. 더불어 책은 새로운 세계를 만드는 창조의 공간이기도 하다. 책을 읽으며 밑줄을 긋고 생각을 쓰면서 나 또한 새로운 글을 창조하게 되기 때문이다. 그러나 새로운 세상을 만나든 또 다른 세계를 창조하든, 중요한 것은 읽는 것이다. 읽어야 쓸 재료를 얻는다. 그러니 쓰기로 결심했다면, 읽기도 결심하자.

4

소재의 재탐색이 필요하다

미닫이와 여닫이, 당신의 글닫이

창문 색다르게 열기

'창문'에 관해 떠오르는 이미지를 말해보라고 하면 대부분 미닫이 창문을 떠올린다. 가장 흔하게 볼 수 있는 창문이기 때문이다. 그러나 인터넷에 '창문'을 검색하면 다양한 모양의 창문이 나온다. 손잡이를 잡고 양쪽으로 밀어서 여는 창문도 있고, 세모 모양이나 동그란 모양의 유리창도 있다. 어떤 창에는 레이스가 달려 있기도 하고, 어떤 창에는 화분이 걸려 있다. 집의 벽면을 통유리로 만들어 유리창 집처럼 꾸민 창도 있고, 창에 한지를 발라 빛과 볕을 은은하게 차단하는 창도 있다. 작정하고 찾아보면 정말 다양한 창이 존재한다는 것을 알게 된다.

세상에 수많은 창이 존재하듯 우리 머릿속에도 다양한 창문이 있다. 그러나 안타깝게도 이 사실을 아는 사람은 흔치 않다. 알고 있다 하더라도 다른 창을 열기 귀찮아서 매번 익숙한 창만 연다. 날마다 같은 창을 통해서 세상을 보고 글감을 떠올린다. 재밌는 것은 익숙한 창을 여는 게 나 혼자가 아니라는 사실이다. 이 사람도 저 사람도 같은 모양의 창을 열어 글감을 바라본다. 그래서 같은 소재로 글을 쓰면 여러 사람의 글이 비슷해진다.

비록 소재가 같을지라도 남과 다른 글을 쓰려면 새로운 창을 열고 글감을 봐야 한다. 때로는 세모난 창으로, 때로는 동그란 창으로, 때로는 레이스가 달린 창으로, 때로는 한지가 발린 창에 구멍을 뚫어서 글감을 봐야 한다. 그래야 나만의 글을 쓸 수 있다.

지금부터 '망고'에 관한 글을 쓴다고 생각하고 머릿속 창을 통해 망고를 바라보자. 내가 매일 여는 창으로 망고를 보면 '맛있다', '노란색', '망고 씨는 크다', '망고주스' 등이 생각날 것이다. 그 창에 레이스라도 달면 망고를 처음 먹었던 날의 추억, 필리핀에서 망고를 먹은 이유 등 이야깃거리가 되어 나온다. 여기에서 그동안 열어보지 않았던 창을 활짝 열고 망고를 바라보자. 그러면 망고 농장에서 일하는 사람이 보일 수도 있고, 망고가 나에게 오기까지의 과정이 보일 수도 있다. 어쩌면 반려견 망고의 일이 떠오를지도 모른다.

나에게 망고를 소재로 글을 쓰라고 한다면, 나는 망고 농장에서 일하는 한 사람의 삶에 대해서 쓸 것이다. 아니면 망고가 비바람과 폭풍우를 견뎌낸 이야기를 인간의 삶에 빗대어 쓸 수도 있다. 그도 아니면 망고나무의 시점에서 다 익은 망고를 여러 나라로 떠나보내는 심정을 써보는 것도 재밌을 것 같다.

생각을 키우고 남들과 다른 글을 쓰고 싶다면 습관적으로 열던 '드르륵' 창이 아니라, 그동안 열지 않았던 특별한 창을 열어보자. 어느 창을 열어서 바라보느냐에 따라서 글이 달라진다는 사실을 기억하면서.

겨자씨만 한 글감이라도

작은 이야기 찾기

새로운 창의 존재를 알게 된 사람들은 이제 이 창도 열어보고 저 창도 열어볼 것이다. 그런데 딱히 보이는 게 없거나 뭐가 새로운 것인지 모르겠거나 어떤 이야기를 써야 할지 모르겠다면, '작은 이야기 찾기'를 해보자.

작은 이야기 찾기는 소재를 바라보고 또 바라보면서 아주 작은 에피소드를 찾는 것이다. 예를 들어 '비'라는 소재를 놓고 생각해보자. 노트나 메모지를 꺼내 한가운데에 '비'라고 쓰고 동그라미를 그린다. 그리고 동그라미 옆에 몇 개의 가지를 그리고, 이 단어를 만났을 때 생각나는 것을 써본다. 여름, 장마, 겨울비, 태풍, 우산 등이 떠오를 것이다. 그러면 아래 가지로 내려와 이 단어들에 대해서 떠오르는 것들을 적는다. 여름 아래에는 여름 하면 떠오르는 것들을 적고, 장마 아래에는 장마 하면 떠오르는 것들을 적는 방식이다. 이렇게 계속 쓰면서 내가 잘 쓸 수 있는 이야기가 나올 때까지 생각을 적어본다. 물론 이 생각 타래의 시작이 '비'에서 비롯되었음을 잊지 않아야 한다.

나는 비를 소재로 〈침수된 카페의 현수막〉이라는 글을 쓸 수 있을 것 같다. '비'에서 어떻게 '침수된 카페의 현수막'까지 나왔는지 생각 타래를 보자.

비 - 장마 - 8월 - 휴가 - 물난리 - 아수라장이 된 동네 - 카페에 걸린 현수막

비라는 단어 아래 나는 장마를 썼다. 그리고 내 인생에서 가장 처참한 장마였던 그날을 떠올렸다. 때는 8월이었고, 가족들과 남쪽으로 휴가를 떠난 상태였다. 가는 길에 비가 조금 내렸지만, 아래로 내려갈수록 날은 쾌청했다. 그날 밤 서울에 남아 있는 가족들에게 소식이 왔다. 서울에 무척 많은 비가 내리고 있다는 연락이었다. 비가 오면 얼마나 오겠나 싶었다. 아무리 비가 와도 침수될 동네는 아니었기에 안심을 하고 있었다.

아침이 밝자 친구들에게 카톡을 받은 아이들이 말했다. 동네에 있는 개천이 넘쳤다고. 나는 우리 동네까지 잠길까 싶어 개천 가까이에 있는 동네만 걱정했다. 그러나 하수도가 역류해서 수많은 집이 잠긴 곳이 우리 동네라는 사

실을 알게 되었을 때 큰 충격에 빠졌다. 집으로 돌아왔을 때 비는 그친 상태였다. 우리 집은 무사했지만 동네는 처참했다. 많은 집이 침수됐고, 골목 밖으로 침수된 가구며 가전, 쓰레기가 나와 있었다. 학교 운동장에는 각종 전자제품 회사의 A/S센터가 차려졌고, 군인들이 동네를 오가며 도움의 손길을 주고 있었다. 뉴스 자료 화면으로만 보던 일이 눈앞에 펼쳐졌다. 이게 현실이라는 게 믿기지 않았다. 동네를 돌아다니는 것도 죄스러워 집으로 발길을 돌리다가 한 카페를 지나가게 됐다. 폭우로 물에 잠겨 더 이상 운영이 불가능한 상태였다. 그런데 이 카페에 이런 현수막이 걸려 있었다.

"우리는 괜찮습니다. 정말 괜찮습니다. 피해 주민들의 빠른 복구를 진심으로 바랍니다. 저희도 리모델링 후 봄날의 햇살이 되어 돌아오겠습니다."

순간 눈물이 왈칵 쏟아졌다. 자기들도 피해가 컸을 텐데 그래도 괜찮다고, 힘을 내시라고, 봄날의 햇살처럼 다시 돌아오겠다고 걸어둔 마음에 눈물이 났다. 정말 다정하고 따뜻한 마음이었다.

이후 '비'라는 단어를 만나면 이날의 일들이 가장 먼저 떠오른다. 비 하면 낭만이나 기다림 혹은 비 내리는 날 듣기 좋은 음악 같은 것만 떠올리던 내게 나만의 글감이 생긴 것이다. 이처럼 누구에게나 특별한 이야기가 있다. 어떤 소재든 그것을 앞에 두고 내가 경작하고 있는 삶의 밭을 헤쳐보면 나만의 글감을 발견할 수 있을 것이다. 나만의 글감을 찾는 비법은 하나다. 아주 작고 디테일한 이야기가 나올 때까지 찾아보는 것. 소재를 마주하고 천천히 생각 타래를 풀어보면, 아주 작은 이야기가 '나 여기 있어요!' 하면서 손을 흔들 것이다.

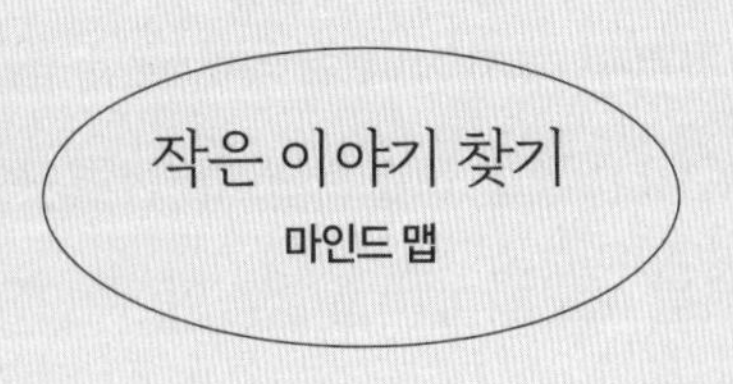
작은 이야기 찾기
마인드 맵

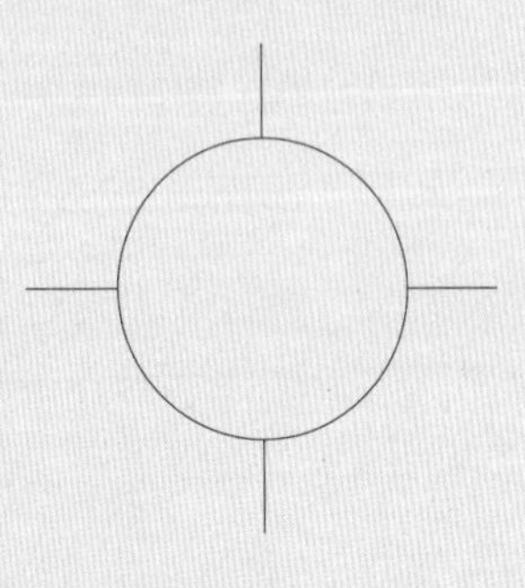

5

쓰지 못하고 주저앉은 당신에게

4나 6보다 3

요점 정리 하기

쓰고 싶은 글감이 있어서 글을 쓰기로 마음먹었을 때, 그다음 해야 할 일은 무엇일까? 각종 기기를 켜고 화면 앞에서 손을 놀리는 일? 그럴 수 있다면 이 책을 덮고 바로 쓰면 된다. 글감을 생각하자마자 뇌가 어떤 문장들을 밀어낸다면 말이다. 그러나 안타깝게도 많은 사람들이 바로 글쓰기에 돌입하지 못한다. 쓰고 싶은 글감이 있어도 막상 글로 쓰려고 하면 첫 문장은 어떻게 써야 하는지, 그다음 내용은 어떻게 끌고 가야 하는지 막막해한다. 나도 그랬다. 그래서 글을 쓰는 게 두려웠고, 한 줄도 못 쓰고 포기하던 날도 많았다.

이런 막막함을 떨쳐버리려면 먼저 글을 구성해야 한다. 내가 쓰려고 하는 내용이 어떤 것인지를 생각하고, 무슨 말부터 꺼내야 하는지, 구체적으로 언급할 내용은 무엇인지, 어떤 말을 마지막에 써야 하는지 생각해보는 것이다. 이때 필요한 것이 '요점 정리'다. 정리라고 하면 뭔가 정갈해야 할 것 같아 부담이 되지만, 가볍게 생각해보자. 머릿속에 떠도는 것들을 단어나 문장으로 적으면 된다. 순서를 생각할 필요도 없다. 그냥 떠오르는 것들을 쭉쭉 적어보자.

나에게는 '만지장서滿紙長書'라는 사자성어를 보고 쓴 글이 있다. 만지장서는 '사연이 긴 편지'라는 뜻으로, 대안교육기관에 다니는 청소년 친구들과 '사자성어 글쓰기'를 할 때 활용한 단어다. 이 단어를 보자마자 떠오른 글감이 있었다. 〈황사영 백서〉였다. 그래서 내가 알고 있는 황사영 관련 정보를 단어와 문장으로 적었다.

황사영. 조선시대. 천주교 박해. 황사영 백서. 1만 자가 넘

> 는 긴 편지. 황사영은 능지처참. 나머지 가족은 모두 유배. 아들 황경한. 추자도와 제주도. 사마시 합격. 정조와 악수한 손을 씻지 않았다는 이야기가 있음. 정약용 조카사위. 배론성지.

그 후, 적어놓은 단어와 문장을 비슷한 것들끼리 묶었다. 내용이 이어지거나 같은 의미로 쓸 수 있는 것을 묶은 것이다.

> 황사영. 정약용 조카사위. 황사영 백서. 1만 자가 넘는 긴 편지. 배론성지.
> 사마시 합격. 정조와 악수한 손을 씻지 않았다는 이야기가 있음.
> 조선시대. 천주교 박해. 황사영은 능지처참. 가족은 모두 유배. 추자도와 제주도. 아들 황경한.

이제 글의 구성을 어떻게 할까 고민하다가 기승전결과 육하원칙이 아닌 서론·본론·결론으로 짜보았다. 글을 구성할 때 사용하는 기승전결은 '문제제기-전개-전환-마무리'로 이루어진다. 이야기를 일으키고, 이어가고, 다른 방식으로 전환한 뒤, 마무리하라는 의미다. 육하원칙은 여섯 개의 기본 규칙으로 '누가-언제-어디서-무엇을-어떻게-왜'로 구성된다. 그러나 모든 글을 기승전결이나 육하원칙으로 쓰기는 쉽지 않다. 글쓰기를 처음 시도하는 사람에게 이런 규칙은 오히려 걸림돌이 되기도 한다. 생각을 조금 더 쉽게 풀어내려면 서론·본론·결론이 편하다. 그래서 기승전결의 4와 육하원칙의 6을 잊고, 삼론의 3을 생각하자고 제안하는 것이다.

쉽다고 간과하기 쉬운 것

삼론 제대로 쓰기

글을 삼론으로 쓸 때, 각각의 부분에 어떤 내용을 써야 할까? 서론은 이 글이 어떤 내용인지 미리 맛보기 정도로 알려주는 역할을 한다. 작가가 하려고 하는 이야기를 독자에게 넌지시 알려주는 부분이다. 본론은 글을 쓰는 이가 독자에게 하고 싶은 이야기를 하는 부분이다. 작가가 주장하고 싶은 내용을 쓰는 부분이라고 생각하면 쉽다. 결론은 글을 마무리하면서 나름의 생각을 정리하는 부분이다. 이 부분만 읽어도 작가가 하고 싶은 말이 무엇인지 알 수 있도록 쓰는 게 포인트다.

〈만지장서〉를 세 개의 덩어리, 삼론으로 쓴다면 어떻게 쓸 수 있을까? 서론·본론·결론의 순서를 생각해야 하는데, 그에 앞서 일단 이 글을 어떤 형식으로 쓸 것인가를 결정해야 한다. 황사영 백서를 소개하는 설명문으로 쓸 것인지, 에세이 형식으로 쓸 것인지, 아니면 소설처럼 쓸 것인지. 나는 황사영 백서에 관한 역사적인 사실을 알려주면서, 읽는 이의 마음에 아련함을 남기고 싶었다. 그래서 설명문이 아닌 소설처럼 쓰기로 하고, 화자를 황사영의 아들 황경한으로 내세웠다.

황경한이 화자가 되어 이야기를 하려면 그가 누구인지 소개를 해야 했다. 그래서 서론에는 황경한이 황사영의 아들임을 밝히고, 어디에서 살았는지를 언급하기로 했다. 그러나 너무 많은 이야기는 하지 않기로 했다. 이 글을 읽는 독자에게 호기심을 불러일으키고 싶었기 때문이다.

✹ 서론

황경한은 황사영의 아들이다. 추자도에서 살았다. 양부모가 그를 키웠다.

본론에는 아버지 황사영에 관한 이야기와 그가 백서를 쓰게 된 경위, 백서의 내용, 백서가 발각되어 온 가족이 유배를 가게 된 것과 어머니가 제주도에 유배 가며 자신을 추자도 바위 위에 올려놓고 간 이야기 등을 적되, 자료를 근거로 사실을 쓰기로 했다.

✹ 본론

아버지 황사영은 열여섯 살에 사마시에 합격해 정조에게 칭찬을 받았다. 정조는 황사영이 스무 살이 되면 부르겠다며 격려했다. 황사영은 천주학 공부를 했고 천주교 신자가 되었다. 그러나 정조가 승하하자 박해가 시작됐고, 황사영은 수배 대상이 되었다. 그는 배론으로 도망가 토굴에서 교황에게 보내는 편지를 쓴다. 하얀 비단에 적은 글자는 모두 1만 3,311자였다. 이 편지는 교황에게 도착하지 못하고 포졸에게 발각되었다. 황사영은 붙잡혀 능지처참을 당했다. 가족은 모두 유배되었는데 할머니는 거제로, 어머니와 자신은 제주로 가게 되었다. 그러나 아들을 노비로 살게 할 수 없었던 어머니는 자신을 추자도의 바위에 놓고 갔고, 오씨 성을 가진 어부가 자신을 데려가 키웠다.

결론에서는 '만지장서'의 뜻과 의미를 이야기하고 싶었다. 그래서 사연을 많이 담은 편지 때문에 그의 삶이 어떻게 되었는지, 만약에 황사영이 편지를 쓰지 않았다면 어땠을지 언급하면서 정리하기로 했다.

✸ **결론**

만지장서는 '사연을 많이 담은 편지'라는 뜻이다. 황사영이 이 편지를 쓰지 않았다면 황경한은 가족과 떨어져 살지 않았을 것이다. 추자도에서 다른 사람들과 사는 동안 황경한의 마음에는 찬바람이 불지 않았을까?

이렇게 대략적으로 요점을 정리한 뒤에, 본격적으로 글을 쓰기 시작했다. 이때도 각각의 부분에서 드러내야 할 것들을 신경 썼다. 서론에서는 호기심을 불러 독자의 시선을 사로잡으려고 노력했고, 본론은 이야기를 세 개의 덩어리로 쓰려고 했다. 그래서 본론의 내용을 아버지에 대한 소개, 백서와 유배에 관한 이야기, 친부모에 대해 알게 된 사실로 나누었다. 결론에서는 서론에 쓴 '육지'라는 키워드를 다시 등장시켜 글을 깔끔하게 보이도록 했다.

소희

나의 이름은 황경한이외다. 한평생을 제주가 보이는 추자에서 살았지만, 나의 뿌리는 육지에서 시작되었다고 들었소. 나를 키워준 양부모의 말에 따르면 나는 천주학을 믿던 황사영이라는 사람의 아들이라고 하오.

아버지는 열여섯에 사마시에 합격하여 진사가 될 만큼 큰 인재였지만, 나이가 어려서 조정의 일은 하지 못했다고 하오. 이를 안타깝게 여겼던 정조 임금이 아버지를 격려하고 스무 살이 되면 꼭 조정으로 돌아오라고 했다는 말이 전해지고 있소. 아버지는 마재에 살던 정씨 집안의 여인과 혼인을 하였소. 내 어머니의 이름은 정난주로, 실학자 정약용의 조카였소.

내가 두 살이 되던 해, 조선에서는 대대적인 박해가 있었소. 천주교를 믿는 교우들을 색출해 배교를 종용하고, 배교하지 않으면 처형을 하는 사건들이 있었던 게요. 중국인 신부 주문모와 여러 신자들이 잡혔고, 천주학을 믿던 아버지는 박해를 피해 배론으로 숨어들었소. 어머니와 할머니는 어린 나를 안고 마재로 돌아왔고, 배론에 숨어 있던 아버지는 박해받는 천주교인들의 실상을 알리려고 두 자(약 60센티미터) 정도 되는 흰 비단에 1만 3,311자를 새긴 만지장서滿紙長書를 북경으로 보내려고 했소.

그러나 이 편지는 북경으로 건너가기 전, 조선에서 발각되었소. 아버지는 서양의 힘을 빌려 나라를 위험에 빠뜨리려 했다는 죄목으로 능지처참 당했고, 우리는 유배길에 올라야 했소. 할머니는 거제로, 어머니와 나는 제주로 유배를 당했소. 그러나 어머니는 어린 내가 관의 노비가 되어 자라는 것을 볼 수가 없어, 추자에 나를 내려놓고 홀로 귀양 갔다고 하오. 해안 바위에서 울던 나는 오씨 성을 가진 어부에게 발견되어 그 집안에서 자라게 되었소. 당시 내가 입고 있던 배냇저고리에 나와 부모의 이름이 있었다고 하는데, 그 옷은 집에 화재가 났을 때 소실되었소. 어느 정도 철이 들었을 때, 내 부모에 관한 이야기를 전해 들었소. 어머니가 지척에 있다는 것을 알았지만 찾아가 문안을 여쭐 수가 없었소. 제주에서 사람들이 올 때 그들에게 어머니의 소식을 물어 전해 들었을 뿐, 어머니를 만날 수가 없었소. 어머니가 보고 싶을 때면 바다에 나가 제주를 바라보며 마음속으로 어머니의 건강을 비는 수밖에 없었다오.

글을 읽다가 '만지장서'라는 사자성어를 보니, 옛일이 떠오르는구려. 사연을 많이 적은 편지라는 뜻을 가진 만지장서. 아버지가 1만 3,311자의 편지를 쓰지 않았다면, 육지에서 부모님과 행복하게 살 수 있었을는지…. 뒤늦은 상상이 무슨 의미가 있겠소만, 그랬다면 지금과는 다른 삶을 살았겠구나 생각하니 마음에 찬바람이 지나가오.

앞에서 말했지만 글에는 모두에게 통용되는 정답이 없다. 내가 생각하는 것이 나의 정답이다. 기승전결로 나눠서 쓰는 게 편하다면 그렇게 쓰면 되고, 육하원칙을 기준으로 잡고 싶다면 그것도 좋다. 나는 글을 세 부분으로 나눠 쓰는 것이 편하고 좋았다. 그래서 서론·본론·결론의 구조로 글을 썼고, 여전히 이 방식으로 글을 쓰고 있다.

당신의 준비가 길다

지금 쓰기

글을 잘 쓰고 싶다는 열망을 가진 사람들은 글쓰기 비법을 찾아다닌다. 어떻게 해야 글을 잘 쓸 수 있는지 알아내기 위해 글쓰기 강의도 들으러 다니고, 베스트셀러가 된 글쓰기 관련 책을 구입해서 읽는다. 그러나 아이러니하게도 참 많은 사람들이 글쓰기 비법을 찾아다니느라 정작 글을 쓰지 못한다. 강의를 듣거나 책을 읽으며 적어둔 비법은 가득한데 그것을 활용해서 글을 쓸 엄두를 내지 못한다.

글을 쓰기 위해서 준비하는 과정은 중요하다. 그러나 정말로 쓰기 위해 준비해야 할 것은 마음 하나면 충분하다. 마음의 준비가 끝났다면 책상 앞에 앉아 쓰는 시간을 가져야 한다. 제목을 생각하고, 글의 줄거리를 떠올리고, 기승전결과 육하원칙, 삼론 같은 것들을 생각하느라 머리가 깨질 것 같아도 그 과정을 견뎌야 한다. 그리고 첫 문장을 써야 한다. 첫 문장을 쓰지 않고, 글을 쓰겠다고 벼르기만 하는 것은 글을 쓰지 않겠다는 것과 같다. 쓰고 싶다는 마음이 들 때 바로 글을 쓰는 것이 중요하다. 원하는 여행지에 도착하기 위해 꼭 해야 하는 일이 출발을 하는 것이듯, 좋은 글을 쓰기 위해 꼭 해야 하는 일은 지금 쓰는 것이다. 그러니 "내일하지, 뭐."라고 말하는 나를 밀어내고 글 쓰는 나와 만나자. 무언가를 쓰고 싶다는 마음이 들었다면, 준비는 끝났다. 이제 쓰자, 제발!

2부

편지로 쓸 수 있는 글

6

나를 소개하는 글
자기소개서

자기소개서 : 자기의 이름, 경력, 품성, 계획이나 희망 따위를 적어 제출하는 글

궁정에 취업하고 싶었던 남자
예술가의 자소서

레오나르도 다빈치Leonardo di ser Piero da Vinci는 르네상스 시대를 대표하는 화가다. 그런데 흥미롭게도 후세에 천재로 기억되는 화가도 구직을 위해 편지를 썼다고 한다. 과연 이 천재 예술가는 누구에게 왜 취직을 요청하는 편지를 쓰게 된 걸까? 그 사연을 알려면 레오나르도의 삶을 먼저 들여다봐야 한다.

레오나르도는 공증인 가문의 아들이었던 아버지와 가

난한 농부의 딸이었던 어머니 사이에서 태어났다. 두 사람은 사회적인 신분 차이 때문에 결혼하지 못했고, 레오나르도가 태어난 후 각자 다른 사람과 가정을 꾸렸다. 아버지 피에로는 피렌체에, 어머니 카테리나는 빈치에 살았는데, 레오나르도는 유년 시절을 어머니가 있는 빈치에서 보냈다. 그곳에는 할머니와 할아버지도 있었다. 레오나르도는 여러 가족들 사이에서 생활하며 책이 아닌 경험을 통해서 실용적인 지식들을 습득했다.

빈치에 살던 레오나르도가 아버지가 있는 피렌체로 떠난 것은 열두 살 무렵이었다. 아내를 잃은 아버지가 레오나르도를 자신의 곁으로 불렀고, 주산학교에 보냈다. 그러던 어느 날, 아들의 그림을 보고 예사롭지 않음을 느낀 아버지는 자신의 고객이었던 예술가 안드레아 델 베로키오Andrea del Verrocchio에게 레오나르도를 소개한다. 베로키오는 레오나르도의 그림에 감탄하며 제자로 받아들였다. 예술가이자 기술자였던 베로키오의 공방은 레오나르도에게 많은 경험을 선사했다. 레오나르도는 그곳에서 미술품과 공예품이 탄생하는 과정을 지켜봤고, 베로키오와 여러 작업에 참여했다. 나날이 실력이 늘어난 청년 레오나르도는 고객들에게 직접 작품을 의뢰받기도 했다. 그러나 작업에 임하는 시간보다 구상하는 데 더 많은 시간을 쓰느라 끝내 작품을 완성하지 못했다.

1482년, 서른 살의 레오나르도는 피렌체를 떠나 밀라노로 향한다. 피렌체 공화국의 지배자였던 로렌초 데 메디치Lorenzo de' Medici의 외교사절단 자격이었다. 그러나 레오나르도는 이 기회에 삶의 터전을 바꾸기로 마음먹었다. 밀라노는 피렌체보다 세 배나 넓었다. 피렌체와는 다른 밀라노의 매력들이 레오나르도를 유혹했다. 밀라노에서 살기 위해서는 일자리가 필요했고, 그곳에서 가장 안정적인 곳을 찾아 입사 지원서를 내기로 했다. 밀라노를 통치하는 루도비코 스포르차 일 모로Ludovico Sforza, il Moro의 궁정이면 좋을 것 같았다. 그는 편지를 쓰기로 결심했다.

레오나르도는 어렸을 때부터 왼손으로 글씨를 썼다. 그러면서 무의식적으로 글자를 뒤집어서 쓰곤 했는데 이 버릇을 고치지 못했다. 그가 남긴 숱한 메모들 속 글자가 뒤집혀 있는 것은 아이디어가 노출될 위험을 가리기 위한 것이라고 주장하는 사람도 있으나, 그저 오래된 습관이라는 주장이 통용되고 있다. 레오나르도는 이런 독특한 습관 때문에 편지나 공식적인 문서를 작성할 때 필경사를 찾았는데, 글을 왼쪽에서 오른쪽 방향으로 기술해야 했기 때문이다.

밀라노에 도착한 레오나르도는 루도비코가 사는 성을 돌아본 후 그에게 맞춤한 편지를 쓴다. 이때에도 필경사를 불러 대필을 시켰는데, 전운이 감도는 밀라노를 지키기 위해서 자신이 무엇을 할 수 있는가를 상세하게 기록했다. 레오나르도는 자신이 무기를 만들 수 있다는 이야기를 1번부터 10번까지 번호를 붙여가며 조목조목 설명한다. 가볍지만 강하고 쉽게 운반이 가능한 다리를 만들 수 있고, 적이 포위 공격을 해올 때 해자에서 물을 뺄 수 있는 법을 알고 있으며, 적이 만들어놓은 요새를 파괴할 수 있다고 말이다. 또 돌멩이를 우박처럼 쏟아부을 수 있는 대포를 만들 수 있고, 목표 지점에 탁월하게 진입할 수 있는 비밀 통로를 건설할 수 있으며, 그 어떤 포병대라도 뚫고 침투할 수 있는 수송 수단을 만들 수 있다고 장담한다. 그리고 전쟁 시기가 아닐 때에는 공공 건물과 개인 주택을 짓고 수로를 건설할 수 있다고도 남긴다. 이 뒤에 몇 가지 사항을 덧붙여 다시 한 번 자신을 각인시키려 한다. 자신은 대리석과 청동, 점토 작업이 가능하며, 그 어떤 그림도 그릴 수 있고, 누구와 비교해도 재주가 떨어지지 않는다고. 더욱이 영주님의 가문을 영원히 영광되게 할 청동마 작업을 할 수 있으니, 언제든 불러만 주시면 어디서든 무엇이든 시연해 보이겠다고 자신감을 드러낸다.

야망이 넘치는 레오나르도의 편지는 그가 남긴 기록물을 엮은 작품집 〈코덱스 아틀란티쿠스Codex Atlanticus〉에 남아 있다. 그렇다면 레오나르도는 취업에 성공했을까? 이 편지 덕분인지는 몰라도 그는 밀라노 궁정에 들어갔는데, 원했던 기술자가 아니라 야외극 제작 담당자였다. 그는 궁정의 예능인으로 다양한 역할을 소화했고, 몇 년 후 루도비코의 요청으로 그림을 그리게 된다. 이 작품이 산타마리아 델레 그라치에Santa Maria delle Grazie 성당에 있는 〈최후의 만찬〉이다. 그러니까 레오나르도의 역작의 시작에 편지가 있었던 것이다.

세상에서 가장 알 수 없는 사람

나에 대한 정보 모으기

레오나르도 다빈치의 편지에는 자신감 넘치는 청년 레오나르도가 있다. 그가 호언장담하며 자신을 어필하는 편지를 쓸 수 있었던 것은 자신에 대한 확신이 있었기 때문이다. 자기 확신은 오랜 시간 준비해온 사람만이 할 수 있다. 레오나르도는 오랫동안 관련 분야에 대해 생각하며 아이디어를 구상했다. 작업을 하는 시간보다 구상을 하는 시간이 더 많았을 정도로 생각하고 준비하는 시간을 많이 가졌다. 누군가에게 나를 소개하는 글을 쓰려는 우리에게도 이런 준비 과정이 필요하다.

자기소개서를 쓰기 전에 준비해야 할 것은 '나에 대한 정보'다. 내가 나를 소개하는 데 무슨 정보가 필요하냐고 의아해할지도 모르지만, 아이러니하게도 세상에서 내가 제일 모르는 게 나일 때가 있다. 실제로 강의를 하다 수강생들에게 나를 소개해보라고 하면 망설이는 사람들이 많다. 내세울 게 하나도 없다는 게 이유다. 그러나 아주 작은 것부터 하나하나 생각하면 나에 대한 많은 것을 찾을 수 있다.

먼저 여기에서 말하는 자기소개서는 취업만을 위한 소개서가 아님을 기억하자. 특정 분야에 국한하면 활용할 수 있는 내 정보가 협소해진다. 그러니 '나'라는 사람의 기본 정보들을 생각하고 내 삶을 전체적으로 바라본 후 취업을 위한 자기소개서에 활용할 방법을 알아보기로 하자.

내 이름부터 살펴보자. 나를 소개할 때 가장 먼저 말하게 되는 것이 이름이다. 누구나 이름이 있고 그 이름에는 뜻이 있다. 이름은 내가 짓는 것이 아니기 때문에 이름이나 뜻이 마음에 들지 않을 수도 있다. 그래서 스스로 새로운 이름을 짓기도 한다. 만약 나를 소개하는 글을 쓰려고 하는데 내 이름이 마음에 들지 않는다면, 사람들이 불러주었으면 하는 이름을 만들어도 좋다. 내 주변에도 법원에 가서 개명을 하지는 않았지만 스스로 이름을 짓고 그렇게 불러달라고 청하는 사람들이 있다. 호적에 있는 이름이든 내가 만든 이름이든 상관없다. 그 이름이 어떤 의미를 갖고 있는지 생각하면 된다.

내 이름은 윤성희다. 한자는 이룰 성成, 기쁠 희喜를 쓰는데, '이루어 기쁘다'는 뜻이다. 거꾸로 해석해도 '기쁘게 이루다'는 뜻으로, '이룸'과 '기쁨'이라는 의미는 변하지 않는다. 내 이름을 들여다보다 그동안 내가 크고 작은 것들을 이룰 수 있었던 것은 이름 덕분일지도 모른다고 생각했다. 운명은 스스로 개척하는 것이라 믿기 때문에 이름이 그 사람의 운명을 좌우한다고 생각하지는 않지만, 이름을 소재로 글을 쓸 때 이런 생각은 특별한 글감이 된다. 이름과 함께 내가 삶에서 '이루어 기뻤던 일'이나 '기쁘게 이루었던 일'을 쓰면 '이름값'이라는 글을 쓸 수 있기 때문이다.

더불어 우리는 이름만으로 불리지 않는다. 회사를 다니는 사람이라면 직책으로 불릴 것이고, 자녀가 있는 사람은 엄마 혹은 아빠로 불린다. 종교가 있는 사람은 종교 안에서 불리는 또 다른 이름이 있고, 각자 맡은 역할에 따라 다양한 호칭으로 불린다. 나에게도 많은 이름이 있다. 자녀들은 내게 '엄마'라고 하고, 성당에서는 '아가타'라고 부르며, 수업을 가면 '선생님'이라고 한다. 글 쓰는 관계자들을 만나면 '작가'라고 하고, 친구들은 어릴 적 별명인 '째깐'으로, 오래된 직장 동료들은 '영심이'라고 부른다. 이 이름에 대한 사연만 적어도 내 인생 전체를 소개하는 글을 쓸 수 있다. 사람들이 부르는 다양한 호칭 속에 내 삶이 녹아 있기 때문이다.

호칭 정리가 되었다면 이제 내가 좋아하거나 싫어하는 것들을 생각해보자. 좋고 싫은 것들에도 나름의 이유가 있고, 이유 속에는 나를 알 수 있는 이야기가 있다. 물론 그냥 좋거나 그냥 싫을 수도 있다. 그러나 좋거나 싫은 모든 것을 '그냥'이라는 틀에 가두기보다 왜 그런지 이유를 세심하게 생각해보면 더 풍성한 글을 쓸 수 있다.

내가 잘하는 것과 내가 활동하고 있는 단체, 내가 만나는 사람들, 내가 했던 일들, 그동안 맡았던 역할들을 떠올려보자. 그리고 내가 생각하는 내 성격과 나라는 사람의 이미지도 떠올려보자. 나는 어떤 사람인지 떠오르는 것들을 적어놓으면 이 모든 것이 나를 소개하는 글의 자료가 된다.

생각하고 또 생각했는데도 나에 대한 자료가 부족하다면, 다른 사람의 도움을 받아보자. 휴대폰을 열거나 SNS에 들어가 사람들에게 내가 어떤 사람인지 물어보는 것이다. '나는 어떤 사람입니까?'라고 물으면 그들의 눈에 비친 내가 문장으로 되돌아올 것이다. 내가 나에 대해 잘 모를 때 다른 사람이라는 거울을 통해 나를 비춰보자. 내가 몰랐던 새로운 나를 발견하게 될 것이다.

곡선의 미학

인생그래프 그리기

몇 개의 단어와 문장으로 나를 단편적으로 살펴봤다면, 조금 더 입체적인 방법으로 나를 살펴보자. 탄생부터 지금까지 내 인생을 전체적으로 조망해보는 것이다. 그렇다고 인생을 연도별로 세세하게 나눠서 1세부터 지금까지 삶의 모든 순간을 살펴보자는 뜻은 아니다. 삶의 희로애락을 중심으로 인생그래프를 그려보면 된다.

우리 인생을 그래프로 그리기 위해서는 준비 과정이 필요하다. 먼저 종이 한 장을 꺼내 왼쪽에 세로로 줄을 길게 긋는다. 그런 다음, 세로 줄의 가운데쯤에 점을 찍고 가로로 길게 줄을 하나 긋는다. 그러면 ├ 이런 모양이 될 것이다. 세로축과 가로축이 만나는 부분이 0이다. 세로축에는 0을 중심으로 위로 1부터 10까지 쓰고, 아래로는 -1부터 -10을 쓴다. 가로축에는 나이를 쓴다. 지금 나이까지 다 쓸 필요는 없다. 내 인생을 돌아보면서 기억에 남는 순간들을 고르고, 그때의 나이를 적으면 된다.

예를 들어보자. 조선의 실학자 정약용은 다섯 살에 시

를 지었다. 아홉 살에 어머니 해남윤씨를 잃었고, 열다섯 살에 혼인했다. 스무 살에 딸을 낳았는데 5일 만에 죽었다. 스물두 살에 성균관에 들어갔고, 스물여덟 살에 초계문신에 임명되었다. 그 이후 여러 나랏일을 하다가 마흔 살에 책롱冊籠 사건으로 포항 장기에 유배당했다. 마흔한 살에 황사영 백서 사건이 터지면서 전남 강진으로 이배되었고, 그곳에서 18년을 살았다. 쉰일곱 살에 해배되어 고향으로 돌아왔고, 일흔다섯 살에 숨을 거두었다.

짧게 정리한 정약용의 삶을 인생그래프로 그려본다면 어떻게 될까? 시를 짓고 어른들에게 칭찬받았던 어린이 정약용을 떠올려보자. 시를 짓는 일은 그에게 기쁨이었을 것이다. 그러니 좌표는 위에 찍는다. 아홉 살에 어머니를 잃은 일은 크나큰 절망이었을 것이니 바닥에 점을 찍고, 결혼은 다시 위로, 딸을 낳았으나 죽었던 일은 아래에 점을 찍는다. 성균관에 들어가고 초계문신에 임명된 일은 위로, 장기 유배는 아래로, 강진 이배는 장기 유배보다 더 아래에 점을 찍어본다. 쉰일곱 살에 해배되어 고향으로 돌아간 것은 위에 찍고, 숨을 거둔 것은 0으로 맞춰보면 어떨까. 자, 이제 종이 위에 찍은 점을 선으로 연결해보자. 그러면 정약용만의 인생 곡선이 생긴다. (물론 이 곡선은 내가 바라본 정약용의 인생 곡선이다. 그의 삶을 어떻게 바라보느냐에 따라 그래프는 달라질 것이다.)

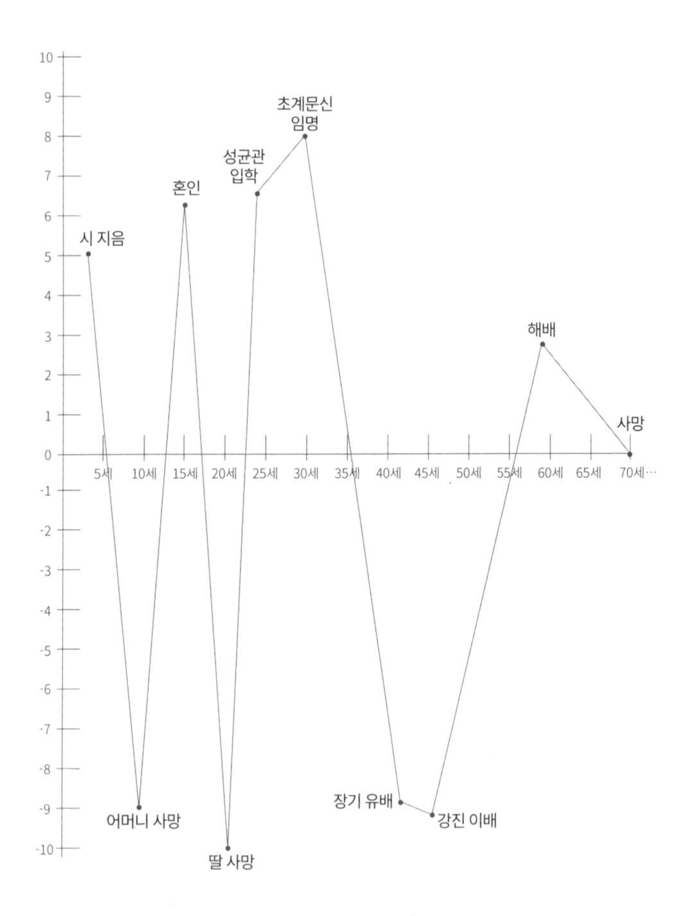

정약용의 삶으로 예시를 보인 것처럼, 나의 삶도 이렇게 좌표를 찍고 그래프를 그려보자. 인생 곡선은 누구에게나 있다. 누구의 삶이든 희로애락이 있기 때문이다. 그래프가 한없이 올라가기만 하거나 내려가기만 하지 않는다. 올라가는 때가 있으면, 반드시 내려가는 때가 있다. 그래서 곡선이 만들어진다. 인생그래프를 그려보면 내 삶이 한눈에 보인다. 내가 어떤 순간들을 건너 여기에 도착했는지 알 수 있다. 이 곡선들을 이용하면 단어나 문장을 이용해 나를 소개한 글과는 또 다른 글을 쓰는 게 가능하다. 평면적인 소개서를 입체적으로 만들 수 있다.

인생그래프가 중요한 의미를 갖는 것은 '지금 여기'에서 끝나는 게 아니기 때문이다. 앞으로 내 삶은 어떻게 될 것인가 생각해보고, 지금보다 나은 미래를 설계해보는 것까지 포함한다. 지금 내 나이에서 멈추는 것이 아니라 1년, 3년, 5년 후의 내 모습을 상상해보고 어느 좌표에 점을 찍을 수 있을지 그려볼 수 있다. 내일의 내가 어떻게 될지 장담할 수 없지만, 희망을 꿈꾸며 상승 좌표에 점을 찍는 모습을 상상해보는 것은 할 수 있지 않을까. 앞으로의 인생이 상승선만을 그리지는 않을 것이다. 지금껏 그랬던 것처럼

오르락내리락하며 변화무쌍한 곡선을 그리겠지만 그럼에도 불구하고 희망찬 미래를 생각해보는 것, 그렇게 되리라고 기대해보는 것이 우리가 인생그래프를 그리고 나를 소개하는 글을 쓰는 이유인지도 모른다.

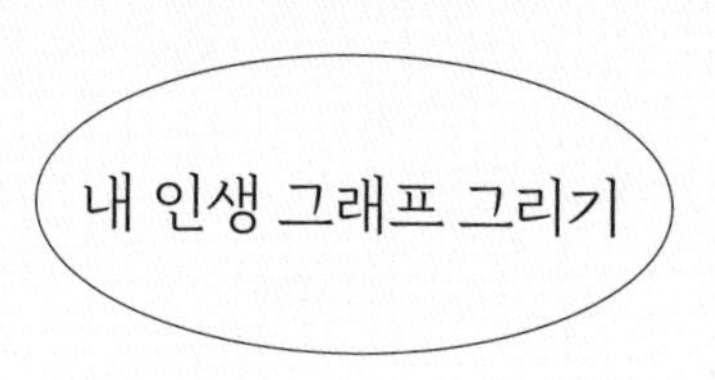
내 인생 그래프 그리기

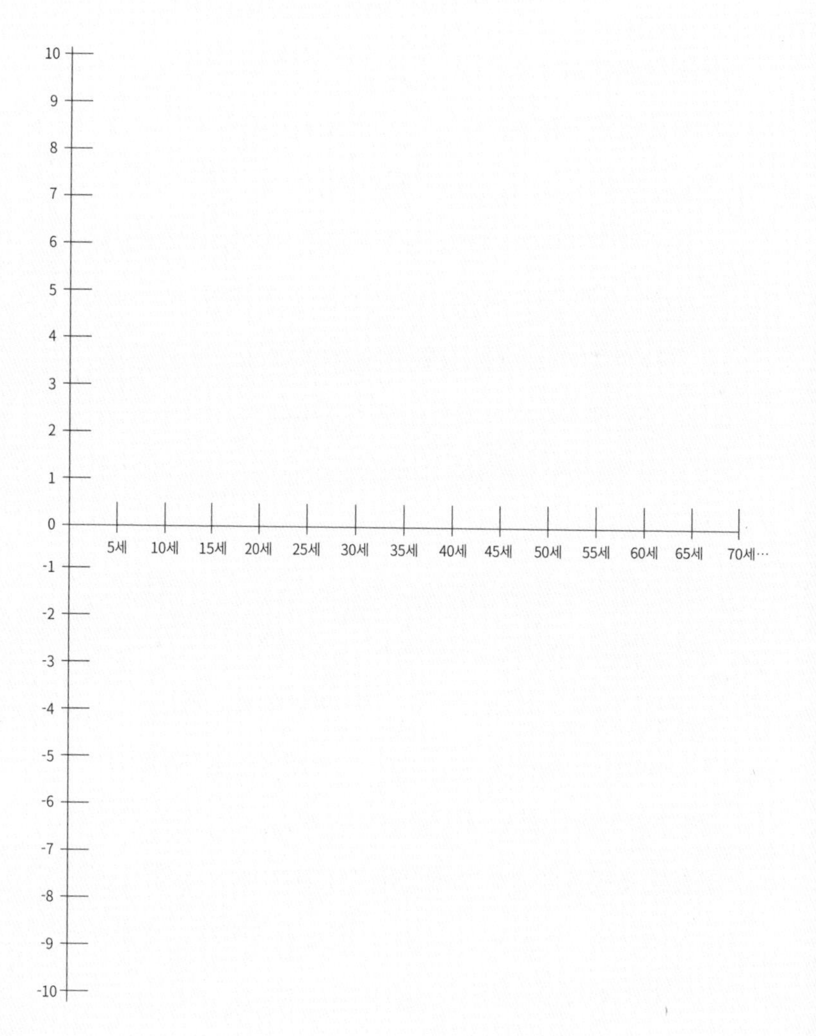
10
9
8
7
6
5
4
3
2
1
0
-1
-2
-3
-4
-5
-6
-7
-8
-9
-10
5세
10세
15세
20세
25세
30세
35세
40세
45세
50세
55세
60세
65세
70세…

내 소개에도 맞춤 서비스가 필요하다

수신인 생각하기

나에 대한 정보를 모은 후, 소개서를 쓸 때 가장 먼저 생각해야 할 것은 독자다. 편지로 소개서를 쓴다면 그 독자는 수신인이 된다. 쓰는 사람은 항상 읽는 사람을 생각하며 써야 하는데, 특정 수신인이 독자가 되는 편지는 특별히 더 그에게 맞춤한 글을 써야 한다. 편지가 나를 대신해서 그에게 가기 때문이다. 내가 그와 마주 앉아서 할 이야기를 편지가 대신 해준다는 생각으로 한 사람에게 맞추어 글을 써야 한다. 그래야 다정함이 살아난다. 이때 중요하게 생각할 것은 '과연 그는 무엇을 궁금해할 것인가?'이다. 내 글을 읽는 사람은 어떤 내용을 궁금해할까, 나는 그의 궁금증을 어떻게 풀어주어야 할까를 생각해야 한다.

먼저 내가 어떻게 살아왔는지 내 삶의 전반적인 것을 궁금해하는 독자가 있다고 하자. 그의 궁금증을 해결해주려면 '일생'을 소재로 해서 글을 써야 한다. 앞서 삶을 전체적으로 조망하며 그린 인생그래프가 좋은 자료가 될 것이다. 마치 짧은 자서전처럼 쓰는 인생 소개 글이라고 생각하면 콘셉트를 잡기 쉬울 것이다.

다음으로 취업을 위해서 나를 소개하는 글을 쓴다고 해보자. 이 글을 읽을 수신인은 인사 담당자일 것이다. 그는 내가 이 회사에 어떤 이익을 줄 수 있는지 궁금해할 것이다. 이 글을 쓸 때는 회사에서 요구하는 자격을 내가 갖추고 있음을 알리는 게 포인트다. 앞서 소개한 레오나르도 다빈치처럼 말이다. 그는 다재다능한 사람이었다. 그러나 그는 자신이 가진 수많은 재능을 뒤로하고 '기술자' 포지션으로 자신을 소개했다. 그 이유는 루도비코 스포르차가 전쟁을 걱정하고 있었기 때문이다. 당시 밀라노의 궁정에는 전쟁을 준비할 수 있는 사람이 필요했고, 레오나르도는 그 점을 잘 알고 있었다. 그래서 무기를 만들 수 있는 기술자 포지션으로 글을 썼다. 자신의 글을 읽을 사람이 무엇을 필요로 하는가를 꿰뚫고, 내가 적임자임을 알린 것이다. 레오나르도의 자소서가 대단한 것은 그가 '평화 시기에도 할 수 있는 것이 있다'는 것을 썼다는 점이다. 혹시나 영주가 다른 사람을 기술자로 뽑았을지도 모르는 가능성을 배제하지 않았다. 그래서 글 후반부에 평시에는 그림을 그리거나 청동 작업을 할 수 있다고 썼다. 레오나르도는 스포르차 또

한 피렌체의 메디치처럼 예술가들을 후원하고 있다는 사실을 정확하게 알고 있었던 것이다.

취업을 위한 소개서에는 나의 수많은 장점과 재능 중에서 이 회사에 유용하게 쓰일 수 있는 것을 써야 한다. 회사가 가장 중요하게 생각하는 것을 1순위로 놓으라는 뜻이다. 그러기 위해서는 회사에서 어떤 사람을 찾고 있는지를 먼저 파악해야 한다. 같은 일을 하는 회사라도 회사가 요구하는 인재상이 다르다. 조직의 문화도 다르다. 글을 쓰기 전에 이런 것들을 알고 있어야 한다. 그래야 수신인에게 맞춰 글을 쓸 수 있다. 편지처럼 다정한 소개서의 포인트는 편지를 읽을 사람이 궁금해할 만한 것을 찾아내고, 그에 맞춰 쓰는 것이다.

취업을 위한 자기소개서를 쓸 때 가장 많이 하는 실수는 똑같은 형식의 글을 여러 곳에 한꺼번에 보내는 것이다. 누가 읽어도 대충은 공감되지만, 한 줄도 기억되지 않는 글은 불특정 다수에게 보내는 단체 문자 같아 인사 담당자도 외면한다. 이럴 때 기억하자. 레오나르도가 스포르차에게 썼던 맞춤 편지를, 다정함은 '한 사람을 향한 마음'에서 시작된다는 것을.

그렇다면 나를 소개하는 글의 독자가 인사 담당자가 아니라면 어떤 콘셉트로 글을 써야 할까? 답은 간단하다. 읽을 사람이 무엇을 궁금해할까를 생각하면 된다. 독서 모임에 가입하기 위해 소개서를 작성한다고 생각해보자. 만약 내가 이 모임의 기존 회원이라면 신입 회원에게 어떤 것이 궁금할까? 입장을 바꿔 생각해보면 실마리를 찾을 수 있다. 많고 많은 독서 모임 중에서 왜 이곳에 들어오게 됐는지, 책과 관련된 일을 하고 있는지, 이 모임에 기대하는 것은 무엇인지 등이 궁금하지 않을까? 가장 감명 깊게 읽은 책과 이유 등을 쓰는 것도 좋겠다. 독서 모임 회원들이니만큼 신입 회원이 어떤 책을 좋게 읽었는지 궁금할 테니 말이다.

누가 읽든 소개서의 콘셉트는 똑같다. 글을 읽을 사람이 무엇을 궁금해할지를 생각하면 답이 나온다. 쓰고 싶은 것을 쓰는 게 아니라, 읽는 사람의 궁금증을 해소해주는 것! 그것이 다정한 편지로 쓰는 소개서의 핵심이다.

'편지큐레이터'를 궁금해하는 당신에게

안녕하세요? 윤성희입니다. 제 이름 앞에 붙은 '편지큐레이터'라는 말이 어떤 의미인지, 제가 어떻게 이 직업을 갖게 되었는지 궁금하실 것 같아 이렇게 편지를 드려요.

저는 어릴 때부터 친구들에게 편지 쓰기를 좋아했어요. 공부하는 것보다 편지 쓰는 것을 훨씬 좋아하는 아이였죠. 고등학교를 졸업하고 바로 사회생활을 할 때도 편지로 마음을 전했어요. 동료들에게 서류를 보낼 때 안부를 전하는 메모를 써서 붙였고, 생일인 직원에게는 축하 카드를 적어주었죠. 크리스마스 시즌에는 며칠 밤을 새워 직접 만든 카드를 보내곤 했답니다. 하지만 결혼을 하고 새로운 삶에 적응하며 편지를 잊고 살았어요.

제가 편지를 다시 만난 건 아이를 낳고 뒤늦게 들어간 대학에서였어요. 교재에서 정약용이 쓴 편지를 봤는데, 그가 강진으로 유배 갔을 때 막내아들 농아가 죽었다는 소식을 전해 듣고 쓴 편지였어요. '농아광지農兒壙志'라는 이름이 붙은 편지를 읽으면서 위대한 실학자로만 생각했던 정약용도 누군가의 '아버지'였다는 것을 깨달았어요. 그가 '사람'으로 다가온 거죠. 그 후 정약용의 편지는 물론, 우리보다 먼저 살았던 선인들의 편지를 찾아 읽었어요. 이 시대를 살아가는 사람들과 나누고 싶은 편지가 많더라고요. 그래서 자료를 모으고 공부를 하고 글을 쓰면서 나름의 콘텐츠를 만들었어요. 편지를 매개체로 진행할 수 있는 강의도 만들었고요.

처음에는 영업에 활용할 수 있는 편지에 대한 강의를 했어요. 그러다가 틈틈이 공부를 하며 인문학 강의로 확장했죠. 문학에서 편지는 어떤 위치를 차지하는지 찾아보고, 역사 속에 남은 편지들을 읽었어요. 예술가들이 남긴 편지도 봤고요. 그런데 편지 한 통을 제대로 읽으려면 공부를 많이 해야 했어요. 편지를 쓴 사람과 받은 사람, 그 시대 배경까지 꿰뚫고 있어야 편지가 제대로 읽혔거든요. 논문도 보고 영화나 다큐멘터리 등도 살펴봤어요. 공부를 하면서 어디서든 '편지'라는 단어가 보이면 그냥 지나치지 않았죠. 관련 도서를 모으고 편지가 전시된다는 박물관이나 전시장도 다녔어요. 이런 과정을 통해서 쌓은 콘텐츠로 또 다른 강의들을 기획하고, 편지 관련 책도 쓸 수 있었답니다.

편지큐레이터는 편지를 소개하는 사람이에요. 책을 소개하는 '북큐레이터'에서 착안해서 제가 만든 말이죠. 저는 편지가 사람과 사람을 잇는 가장 아름다운 도구라는 걸 세상 모든 사람이 알았으면 좋겠어요. 그래서 열심히 공부하고, 열심히 전하고 있답니다. 이제 저에 대한 궁금증이 풀리셨나요? 조금 남아 있다고요? 그럼 답장을 주세요. 당신의 마음이 도착하면, 제가 다시 편지 드릴게요. 그럼 안녕히 계세요.

7

나에게 보내는 글
일기

일기 : 그날그날 겪은 일이나 생각, 느낌 따위를 적는 개인의 기록

어떤 하루는 유산이 된다
역사가 된 일기

일기라는 단어를 만날 때마다 떠오르는 친구가 있다. 대안 교육기관에서 함께 글쓰기 수업을 했던 청소년이다. 이 친구는 내가 글쓰기 수업을 하러 갈 때마다 노란색 노트에 뭔가를 끄적이고 있었다. 처음에는 글감을 정리하고 있는 줄 알았는데, 밀린 일기를 쓰는 거였다. 숙제도 아니고 검사를 하는 사람도 없는데 따로 시간을 내어 그렇게 밀린 일기를 쓰는 게 신기해서 물었다. 왜 일기를 쓰느냐고. 그랬더니

자신이 존재했다는 사실을 남기고 싶기 때문이란다. 하루 하루 무엇을 하며 살았는지, 자신의 흔적을 남김으로써 존재했다는 사실을 기억하고 싶다고 말이다. 아이가 일기를 쓰는 이유는 다른 사람을 위한 것이 아니었다. 스스로를 위한 기록이었다. 기록하고 기억함으로써 자신의 존재를 인식하고 있었던 것이다.

나도 때때로 일기를 뒤적이며 내 존재를 인식한다. 내가 어떤 삶을 살았는지 곱씹고 싶은 날이면 지난날의 일기를 뒤적인다. 가장 오래된 일기장부터 최근의 일기장까지 한 장씩 넘기며 지난 기록을 살핀다. 그 안에는 열심히 기뻐하고, 고뇌하고, 좌절하고 다시 일어서는 내가 있다. 덕분에 나는 일기장에 적힌 기록을 보며 지난 삶을 되새긴다. 아, 내가 이렇게 살아왔구나 하고. 신기하게도 오래된 일기장을 읽고 나면 마음이 놓인다. 어제의 내가 어떻게든 살아왔으니 앞으로도 잘 살아갈 수 있을 것 같기 때문이다. 일기를 통해 어제의 나를 확인하고, 오늘의 나를 기록하며, 앞으로 나갈 내일의 나를 만난다. 어쩌면 이것이 일기가 가진 힘일지도 모른다.

일기가 가진 또 다른 힘은 '역사'가 된다는 것이다. 일기는 글쓴이의 삶이 그대로 드러나는 글이다. 그가 행동하고 생각한 일들은 그가 살고 있는 시대를 반영할 수밖에 없다. 그런 이유로 한 사람의 삶이 한 시대의 역사가 되기도 한다. 그가 후세에 길이길이 남길 의도를 가지고 쓴 글이 아닐지라도 말이다.

역사 속 일기 중에서 가장 유명한 것은 『난중일기』일 것이다. 『난중일기』는 조선의 무신이었던 이순신이 1592년부터 1598년까지 쓴 일기로, 일본군과 전투를 벌이는 전쟁 중에 쓴 것이다. 『임진일기』, 『병신일기』, 『정유일기』라는 표제가 붙었던 일기가 『난중일기』가 된 것은 1792년이다. 정조는 임진왜란 200주년을 맞아 이순신을 영의정으로 증직贈職하며, 그의 저술을 엮어 『이충무공전서李忠武公全書』를 편찬하도록 했다. 이때 이순신이 전쟁 중에 쓴 일기만 따로 엮어 『난중일기』라 하였다.

조선시대의 기록을 더 살펴보자. 『미암일기眉巖日記』는 조선 중기의 학자 유희춘이 쓴 일기다. 그는 1567년부터 1577년까지 10여 년 동안 매일 일기를 썼는데, 조정의 정치사부터 집안의 대소사까지 꼼꼼하게 기록했다. 이 시기는 미암이 유배지에서 돌아와 다시 관직에 임할 때였고, 강론 내용을 비롯해 조정의 일이 세세하게 기록되어 있어 「선조실록」을 작성할 때 사료로 활용되었다.

그런가 하면 고등학생이 쓴 일기가 유네스코 세계기록유산에 등재되기도 했다. 2011년 유네스코는 5·18 민주화운동기록물을 세계기록유산으로 등재했는데, 여기에 이 일기가 포함됐다. 일기는 광주여자고등학교 3학년에 재학 중이던 학생이 쓴 것으로, 5·18 당시 전남도청에서 봉사활동을 하면서 목격한 일들을 기록했다. 1980년 5월, 자신의 하루하루를 일기로 남긴 학생은 몰랐을 것이다. 그 일기가 역사가 되고 유네스코 기록물로 등재되리라는 것을.

일기를 쓰는 사람이 의도를 했든 하지 않았든 한 사람의 역사는 한 시대의 역사가 된다. 일기를 쓰는 사람은 자신의 하루를 남겼을 뿐인데 역사를 기록하는 사관史官이 되기도 한다. 일기를 쓸 때는 알지 못한다. 내가 남긴 기록이 후대를 살아가는 사람들에게 과거를 이해하는 소중한 실마리가 된다는 것을.

생생히 증명하거나 절절히 고백하거나

편지로 쓴 역사

과거를 이해하는 데 중요한 자료가 된 '편지로 쓴 일기'가 있다. 바로 『안네의 일기』다. 독일 출신의 유대인 소녀 안네 프랑크Annelies Marie Frank가 쓴 것으로 나치의 박해를 피해 은신처에 숨어 살 때 쓴 일기다. 안네는 1942년 6월 12일, 열세 살 생일을 맞아 부모님께 노트 한 권을 선물받았다. 그는 노트에 모든 것을 다 털어놓을 수 있기를 바라며, 일기장과 누구보다 친한 사이가 되었으면 좋겠다고 기록한다. 그리고 며칠 후인 6월 20일, 일기장에게 '키티'라는 이름을 지어준다. 그러고 나서 자신의 이야기를 가감 없이 키티에게 전한다.

안네는 6월 20일 일기에 자신을 소개하는 글을 쓴다. 서른여섯 살 아빠가 스물다섯 살 엄마와 결혼을 했고, 1926년 언니 마르고가 독일에서 태어났으며, 1929년 6월 12일에 자신이 태어났다고. 그러나 자신들이 유대인이기 때문에 1933년부터 다음 해까지 가족들이 차례대로 네덜란드로 이주했다고 말이다. 그리고 이렇게 덧붙인다. 1940년 5

월 이후, 평화롭던 시절이 끝났다고. 전쟁이 터졌고, 네덜란드가 독일군에 항복했으며, 그때부터 노란별을 단 유대인의 고난이 시작되었다고.

안네가 쓴 일기에는 유대인인 안네의 가족이 나치의 포위망을 피해 어디에 은신하고, 어떻게 살아갔는지 자세히 기록되어 있다. 비록 그 공간을 벗어날 수 없었지만, 안네에게는 그것도 삶이었다. 안네는 하루하루의 삶을 기록하며 성찰했다.

1942년 6월 12일에 시작된 일기는 1944년 8월 1일에서 멈춘다. 3일 뒤인 8월 4일, 안네의 은신처에 비밀경찰이 들이닥쳤기 때문이다. 안네와 가족들은 물론 은신처에 살고 있던 유대인 가족이 모두 붙잡혔다. 그들은 유대인 중간 수용소에 수감됐다가 1944년 9월 아우슈비츠로 향하는 열차에 올랐다. 1945년 1월 6일 안네의 엄마 에디트 프랑크Edith Frank가 굶주림과 쇠약증으로 사망하고, 그해 3월 안네와 마르고도 베르겐 벨젠 수용소에서 티푸스로 사망했다. 안네의 아빠 오토 프랑크Otto Heinrich Frank만이 유일하게 생존해 해방을 맞았다.

열세 살 생일 선물로 받은 노트에 일기를 썼던 안네는

한 권이 다 채워지자 다른 노트에 일기를 썼다. 그러다 낱장의 종이에 일기를 남겼는데, 비밀경찰이 들이닥쳤을 때 바닥에 내던져졌다. 안네 가족의 은신을 도왔던 네덜란드인 미프 기스Miep Gies가 이를 보고 일기를 한 장 한 장 모아 보관했고, 오토 프랑크가 돌아왔을 때 건네주었다. 오토 프랑크는 가족들과 함께 보낸 시간을 생생하게 기록한 딸에게 놀랐다. 그는 작가가 되고 싶어 하던 딸의 글에 감명받아 일기를 책으로 출간했고, 이 책은 지금 전 세계인이 읽는 베스트셀러가 되었다.

『안네의 일기』에는 나치 시대를 살아갔던 유대인의 생생한 증언이 있다. 누군가에게 전해 들은 이야기가 아니라 자신이 직접 겪고 경험한 일들이 기록되어 있다. 그리고 한 소녀의 인생이 담겨 있다. 열세 살의 소녀가 열다섯 살이 되어가는 과정과 그 시간을 통과하며 겪는 수많은 감정이 있는 것이다.

안네처럼 일기장에 이름을 붙여 편지를 쓴 사람이 있는가 하면, 실존하는 사람에게 보내지 못하는 편지를 일기장에 적은 사람도 있다. 멕시코의 화가 프리다 칼로Frida Kahlo는 1944년부터 1954년까지 10여 년 동안 일기를 썼다. 일기장은 1995년 그가 살던 집 욕실 안에서 발견됐는데, 프리다가 세상을 떠난 지 40여 년이 흐른 뒤였다. 형형색색의 그림과 메모, 편지로 이루어진 프리다 칼로의 일기에는 날짜가 거의 없다. 그는 노트를 순차적으로 넘기면서 일기를 쓰지 않았다. 그날그날 마음에 드는 페이지를 펼쳐 그림을 그리거나 글을 적거나 편지를 썼다. 프리다 칼로가 일기장에 쓴 편지의 수신인은 남편인 디에고Diego Rivera였다. 이혼과 재결합을 반복하는 중에도 그를 향한 마음을 일기장에 적은 것이다. 그녀가 일기장에 남긴 편지는 작품 설명에 사용된 것도 있지만, 디에고에게 영영 전해지지 못한 것도 있다.

그런가 하면, 일기장에 편지를 써서 수신인에게 보낸 사람도 있다. 바로 나다. 고등학생 때 일이다. 날마다 편지를 썼을 때였는데, 편지를 받는 친구가 답장하는 것을 부담스러워했다. 나는 편지를 쓰되 친구의 부담을 덜어줄 수 있는 방법이 없을까 고민하다 노트에 편지를 쓰기로 했다. 하루하루 일기처럼 편지를 쓴 것이다. 나는 수신인이 명확한 편지를 3년 동안 꾸준히 썼고, 졸업식날 친구에게 노트 여덟 권을 선물했다. 내 고등학교 3년 역사가 여덟 권의 노트에 기록되어 친구에게 건너갔다.

이처럼 일기도 편지로 쓸 수 있다. 안네처럼 이름을 붙인 일기장에게 직접 쓸 수 있고, 프리다 칼로처럼 보내지 못할 편지를 적을 수도 있다. 또 나처럼 애초에 전달할 것을 목적으로 노트에 일기로 된 편지를 쓸 수도 있다. 이런 편지들은 역사를 이해하는 도구나 사랑 고백의 증표 혹은 성장의 기록이 된다.

쓸 게 아무것도 없는 날이란 없다

오늘을 기록하는 법

소설가 이태준은 『문장강화』(창비, 2005)에서 일기의 의미를 세 가지로 정리한다. '수양이 된다', '문장 공부가 된다', '관찰력과 사고력이 예리해진다'. 편지로 일기를 썼을 때, 이태준이 말한 일기의 의미 중 가장 두드러진 효과를 볼 수 있는 것은 무엇일까? 나는 '문장 공부'라고 생각한다. 독자를 만들 수 있기 때문이다.

안네는 일기장에 '키티'라는 이름을 붙임으로써 일기장에 하나의 인격을 부여했다. 나 또한 일기장에 편지의 수신을 명확하게 함으로써 독자를 만들었다. 그래서 혼자서

하는 독백이 아니라 누군가에게 말을 건네는 대화가 되었다. 편지로 쓰는 일기의 장점이 여기에 있다. 나만의 독자가 있다는 것. 비록 그 독자가 내 글을 읽지 못한다 하더라도, 쓰는 사람 입장에서는 독자에게 이야기를 건네듯이 쓰기 때문에 원초적인 문장이 아니라 조금은 정제된 문장을 연습할 수 있다.

그럼 편지로 일기를 쓰려면 어떻게 해야 할까? 먼저 수신인을 정한다. 실존하는 누군가를 생각하며 그 사람을 선택하거나 안네처럼 일기장에 이름을 붙일 수도 있다. 만날 수 없는 사람이어도 좋다. 내가 감명 깊게 읽었던 책의 주인공이 될 수도 있고, 세상을 떠난 누군가일 수도 있다. 중요한 것은 나의 민낯을 솔직하게 드러낼 수 있는 수신인이어야 한다는 것이다. 그래야 내 마음을 표현하는 글을 쓸 수 있고, 진짜 문장을 쓸 수 있다.

일전에 강의를 하다가 일기와 편지의 차이점으로 '독자가 있다, 없다'를 들었다. 그런데 어떤 분이 이의를 제기했다. 일기도 독자가 있다는 것이다. 왜 그렇게 생각하느냐고 물었더니, 누가 일기를 솔직하게 쓰느냐면서 "남들이 볼 것을 염두해두고 쓴다"고 했다. 나는 깜짝 놀랐다. 일기조차 누가 볼 것을 염두해두고 써야 하는 삶이란 얼마나 고단한 삶인가. 나는 우리가 글을 쓰는 이유 중 하나가 삶의 고단함을 덜어내기 위해서라고 생각한다. 글을 쓰면 마음이 가벼워진다고 믿기 때문이다. 내 하루를 기록하는 일기조차 솔직하게 쓰지 못한다면, 어떤 글을 솔직하게 쓸 수 있을까. 초심자의 마음으로 일기를 편지로 쓰려는 사람들은 일단 솔직함에 주목하면 좋겠다. 누가 읽을 것이 두려워서 이런저런 말들을 감추지 말고, 솔직하게 떠오르는 말들을 적는 것부터 시작하자. 그러기 위해서는 가감 없이 나를 보일 수 있는 대상에게 편지를 써야 한다. 그것이 편지로 일기 쓰기의 첫 출발선이다.

일기의 수신인을 정했다면, 다음은 기록할 사건을 꼽는다. 하루 동안 일어난 일 중에 가장 선명하게 떠오르는 사건을 꼽는 것이다. 학교나 직장에 가거나 밥 먹고 잠을 자는 것처럼 날마다 반복하는 일 말고, 오늘 일어났던 특별한 일을 찾아보자는 얘기다. 어제나 오늘이나 별로 다른 게 없었다고, 아무것도 기록할 것이 없다고 치부하지 말고, 하루의 일과를 잘 들여다보자. 분명히 어제와는 다른 일이 있었을 것이다. 등교나 출근을 할 때 유난히 눈에 들어왔던 풍경이 있었을지도 모르고, 밥을 먹으며 누군가와 나눈 대화가 계속 맴돌 수도 있다. 아니면 공부를 하거나 일을 할 때 인상적이었던 것이 있었는지 떠올려보자. 오늘 내가 본 책이나 영화의 한 장면도 좋고, TV나 유튜브를 통해서 새롭게 알게 된 사실도 좋다. 크고 중요한 일이 아니어도 오늘 일기장에 기록할 만한 작은 사건을 하나 떠올리려고 노력하는 것이 중요하다.

날마다 사건을 쉽게 발견하려면 관찰하는 자세가 필요하다. 똑같은 사건이 벌어져도 누구가는 기록하고 누군가는 지나치는데, 관찰을 했느냐 하지 않았느냐가 좌우한다. 어떤 일을 관찰하다 보면 보는 것 이상의 성과를 얻게 된다. 눈에 보이는 것을 통해서, 보이는 것 너머에 있는 무언가를 깨닫게 된다는 뜻이다. 어떤 사람이 하는 행동을 잘 관찰하면 그가 왜 그런 행동을 했는지를 알게 되고, 어떤 사건을 잘 관찰하면 그 일이 어떤 결과를 가져올지를 예측하게 된다. 이런 깨달음은 하루아침에 생기지 않는다. 꾸준하게 관찰하고, 관찰한 것을 기록하는 사람만이 누릴 수 있다. 그러니 일기를 통해 글쓰기 실력을 키우려면 관찰자의 시선을 가지도록 노력하자.

8

책을 읽고 쓰는 글
감상문

감상문 : 어떤 사물이나 현상을 보고 느낀 바를 쓴 글

편지로 썼더니 저절로 책이 생겼다
적립금을 품은 서평

지난여름, 자주 이용하는 인터넷 서점에서 메일 한 통이 왔다. '이달의 마이리뷰 당첨을 축하합니다.' 라는 제목이었다. 메일을 클릭해보니 내가 올린 서평이 당첨되어 적립금 3만 원을 넣어준다는 내용이었다. 장바구니에서 기다리고 있는 책을 적립금으로 살 수 있다고 생각하니 신이 났다. 그동안 내가 쓴 책값에 비하면 얼마 되지 않지만, 내 글이 선정되어 상금을 받는 것은 기분 좋은 일이다. 사실 이번이

처음은 아니었다. 그동안 인터넷 서점에 올린 서평이 여러 번 뽑혀 적립금을 받았다. 재미있는 사실은 당첨되었던 글이 모두 '서간체'였다는 것이다.

나는 종종 책을 읽고 글을 쓸 때 그 책에 등장하는 인물이나 이 작품을 쓴 작가에게 편지로 말을 건넨다. 책을 읽다 보면 말을 걸고 싶은 인물을 만나기 때문이다. 독자로서 혹은 작가로서 대화를 이어가고 싶은 사람을 만나는데, 그들에게 편지를 쓰다 보면 한 번도 만나본 적 없는 작가나 등장인물이 친한 지인처럼 다정하게 느껴진다. 책을 읽으면서 궁금했던 점을 묻기도 하고(물론 그가 대답해주지는 않지만), 내가 나름대로 해석한 그들의 행동이나 사건에 대해 말하기도 한다. 그렇게 진주에게, 프랑수아즈 사강에게, 바렌까에게 편지를 썼다.

내가 쓴 편지 중에 인터넷 서점이 가장 먼저 알아본 것은 바렌까에게 보낸 편지였다. 바렌까는 도스토옙스키가 쓴 『가난한 사람들』(열린책들, 2010)에 등장하는 여자 주인공이다. 이 책에는 두 명의 주인공이 등장한다. 한 명은 바렌까, 다른 한 명은 바렌까의 이웃에 사는 제부쉬낀이다. 책은 제부쉬낀이 바렌까에게 보낸 편지로 시작된다. 두 사람은 편지로 서로의 상황과 생각, 마음을 전한다. 책을 읽는 내내 마음에 '습함'이 번졌고, 책장을 덮으면서 새로운 인생을 선택한 바렌까에게 하고 싶은 말이 생겼다. 그래서 바렌까에게 편지를 썼다.

프랑수아즈 사강Francoise Sagan의 『패배의 신호』(녹색광선, 2022)를 읽은 후엔 이 작품을 쓴 사강에게 주목했다. 나는 이 작품을 읽기 전에 그가 쓴 『슬픔이여 안녕』과 『브람스를 좋아하세요』를 읽었다. 어떤 분위기의 글을 쓰는 사람인지 명확하게 알고 싶었기 때문이다. 두 작품을 읽고 『패배의 신호』까지 읽으니 그에게 하고 싶은 말이 생겼다. 20대 여성이 어떻게 40대의 감성까지 넘나들 수 있는 것일까. 나는 그의 철학이 궁금했다. 그래서 작가에게 건네고 싶은 이야기를 편지로 썼다.

최근 내게 적립금을 선사한 편지는 김양미 작가의 단편 모음집 『죽은 고양이를 태우다』(문학세상, 2023)를 읽고 쓴 것이다. 나는 그중에서 「샤넬 No.5」에 등장하는 주인공 류진주에게 편지를 썼다. 그는 엄마의 유언 때문에 글을 쓰게 되는데, 주인공의 삶에서 이 작품을 쓴 작가의 모습이 보였다. 그것은 오래전 내 모습이기도 했다. 글 쓰는 사람이 되기 위해서 쓰고 또 쓰며 좌절하고 다시 일어서던 오래전의 나. 한 편의 글을 완성하기 위해 노력하고 또 노력하는 주인공 진주의 모습에서 작품을 쓴 작가는 물론, 오래전 내 모습이 보였던 것이다. 그래서 진주에게 편지를 쓰며 글 쓰는 모두를 향한 응원을 보냈다. 내가 정한 수신인은 진주였지만, 내 편지를 받은 사람은 비단 진주뿐만은 아니었으리라 믿는다.

이처럼 책을 읽으며 마음에 와닿는 누군가에게 편지를 쓰면, 그 진심을 알아봐주는 이가 생긴다. 그들의 공감은 '좋아요'와 '적립금'으로 돌아오기도 한다. 그러니 책을 읽다 누군가에게 말을 건네고 싶어지면 망설이지 말고 편지를 써보자.

내 글을 기다리는 사람들

주인공, 등장인물, 작가…

편지로 감상문을 쓸 때 가장 먼저 생각해야 하는 것은 '누구에게 쓸 것인가'이다. 편지를 받는 사람을 누구로 설정하느냐에 따라 할 수 있는 이야기가 달라지기 때문이다. 먼저 책 속 **주인공**에게 말할 수 있다. 주인공은 스토리를 끌고 가는 핵심 인물이다. 그래서 주인공에게 말을 걸면 책의 전체적인 이야기를 쓸 수 있다. 주인공이 선택하는 행동 하나하나가 전체적인 흐름에 영향을 미치기 때문에 감상문 또한 전체적인 흐름을 보여주는 구성으로 쓸 수 있는 것이다.

> 바렌까! 당신이 제부쉬낀과 주고받은 편지를 읽었습니다. (중략) 4월 8일, 제부쉬낀이 당신에게 쓴 편지로 이야기가 시작되었습니다. 당신의 집 건너편에 사는 중년의 하급 관리인 제부쉬낀. 그는 당신에게 '부성애'를 앞세워 다가가고, 당신도 그의 우정을 받아들입니다. 그러나 제부쉬낀과 당신은 '가난한 사람들'. 하루하루 연명해가는 것이 지상 최대의 과제인 사람들이지요. 제부쉬낀이 묘사하는 하숙집의 풍경을 읽는 내내 나는 영화 〈기생충〉에 나오는 지하실 집을 떠올렸습니다. 습한 냄새가 진동하는 어둠의 공간. 제부쉬낀이 사는 곳은 그런 이미지였으니까요. 형편없는 집에 살면서도 제부쉬낀은 당신을 위해 많은 것을 희생합니다. 자신의 외투 하나 사지 못하면서 당신에게 설탕을 주고, 돈을 주지요. 당신은 미안하다

고 하면서도 그런 것들을 받고, 뭐가 더 필요하다고 거리낌 없이 이야기합니다. 나는 당신의 심리를 이해할 수 없었습니다. 제부쉬낀이 당신을 사랑하는 만큼, 당신도 그를 사랑하고 있는지 알 수가 없었어요. 어쩌면 당신이 그를 이용하고 있다는 생각도 들었습니다. 당신이 제부쉬낀과의 관계에서 수없이 밀고 당기는 것 같아 마음이 편치 않았습니다.

—'바렌까에게' 중에서

다음으로 쓸 수 있는 사람은 책을 읽을 때 마음에 와닿았던 **등장인물**이다. 책을 읽다 보면 주인공이 아니어도 유난히 마음에 와닿는 인물이 있다. 이유를 꼭 집어 말할 수는 없지만, 내 마음속에 이야기를 만드는 사람 말이다. 잘 살펴보면 그의 행동이나 철학 등이 나와 비슷하거나 혹은 달라서 마주 앉아 길고 긴 이야기를 하고 싶은 마음이 일어난다. 내겐 '장'이 그랬다. 장은 뒤라스[Marguerite Duras]의 소설 『타키니아의 작은 말들』(녹색광선, 2020)에 등장하는 인물로, 무료한 날들을 보내는 주인공들 사이에 균열을 일으키는 사람이다. 나는 책을 읽는 내내 그에게 동화되었다. 지루하고 무료한 날들을 버리고 새로운 삶을 살자고 유혹하는 장의 마음을 이해할 수 있었고, 그와 캄파리 한잔을 마시며 이야기를 나누고 싶었다. (책 속에 등장하는 모든 주인공은 '캄파리'를 자주 마신다.) 그래서 책을 읽고 나서 장에게 편지를 썼다.

> 당신의 이야기가 담겨 있는 『타키니아의 작은 말들』을 읽었습니다. (중략) 소설은 이탈리아의 작은 해변 마을로 휴가를 떠난 친구들에 관한 이야기였어요. 사라와 자크, 지나와 루디 그리고 다이아나가 주인공이었죠. 다섯 살 아이를 둔 사라와 자크 부부는 권태한 삶을 살고 있고, 먹을 게 중요한 지나와 루디는 날마다 싸우면서도 서로를 죽을 때까지 사랑할 거라고 하고, 독신인 다이아나는 그들 틈바구니에서 혼자만의 삶을 즐기는 친구였어요. 이들이 휴가지에서 하는 일이라고는 늦게 일어나 바다로 수영을 하러 가고, 밥을 먹고, 캄파리를 마시고, 다시 수영을 하고, 캄파리를 마시고, 공놀이를 하고, 비를 기다리며 헤어져 잠을 자는 거였죠. 하… 이렇게 나른하고 지루하기 짝이 없는 휴가라니! 그런데 그들 사이에 장, 당신

이 나타나면서 나른함에 균열이 생깁니다. 당신은 강을 건널 수 있는 멋진 배를 갖고 있었으니까요.

—'강을 건널 배를 가졌던 당신, 장에게' 중에서

편지로 감상문을 쓸 때 수신인으로 정할 수 있는 세 번째 사람은 **저자**다. 저자에게 편지를 쓰면 지금 읽은 작품뿐 아니라 저자의 다른 작품과 그의 삶에 관한 이야기까지도 할 수 있다는 장점이 있다. 한 작품만 읽고도 저자에게 편지를 쓸 수 있지만 그의 다른 작품들을 읽거나 저자에 대한 자료를 찾아본 후에 편지를 쓰면 풍성한 이야기를 쓸 수 있다. 나는 『노인과 바다』(민음사, 2012)를 읽고 어니스트 헤밍웨이Ernest Miller Hemingway에게 편지를 쓴 적이 있다. 책을 읽으면서 이 글에 대한 편지 감상문을 쓴다면 수신인이 헤밍웨이였으면 했다. 그래서 그에 대한 자료를 찾아보고, 그가 쿠바에서 생활했을 때의 이야기를 다룬 다큐멘터리 〈헤밍웨이 인 하바나〉도 보았다. 덕분에 『노인과 바다』를 통해서 만난 헤밍웨이의 실제 모습을 글 속에 담을 수 있었다.

당신이 쓴 『노인과 바다』를 읽었습니다. 당신의 모습이 반영돼 있다는 자전적 소설, 노벨상 작가인 당신이 쓴 최후의 소설을요. (중략) 저는 산티아고라는 노인에게서 당신의 모습을 보았습니다. 혼잣말을 하고, 옛날 일을 추억하며 살고, 지금도 옛날처럼 힘이 있다고 생각하는 산티아고를 보면서, 언제나 사람들 속에 둘러싸여 있었지만 늘 혼자였고, 생각이 그대로 글이 되었던 옛날을 추억하며 사는 당신이 보였습니다. 가난한 산티아고와 부자였던 당신을 비교하는 것이 부적절하다고 생각할지 모르지만, 어쩌면 산티아고는 당신의 영혼을 투영한 사람이 아닌가 싶었어요. 그의 물질적인 가난이 당신의 정신적인 가난을 표현한 것일지도 모르지요. 세 번이나 결혼을 하고 수많은 사람들에게 사랑을 받았지만, 당신의 이야기를 진심으로 들어주는 단 한 사람이 있었을까요? 산티아고에게 소년이 필요했던 것처럼 당신에게도 그런 사람이 필요했는지도 모릅니다.

—'어니스트 헤밍웨이에게' 중에서

다음 수신인은 이 책을 읽었으면 하는 **특정인**이다. 책을 읽다 보면 이 책을 꼭 소개하고 싶은 사람이 떠오를 때가 있다. 함께 읽고 이야기를 나누고 싶거나, 내가 하고 싶은 이야기가 책에 다 있어서 책을 보내 읽게 하고 싶은 사람 말이다. 나는 공지영의 『딸에게 주는 레시피』(한겨레출판, 2015)를 읽는 내내 내 딸을 떠올렸다. 삶에 크고 작은 일이 생길 때, 이 책을 펼치고 위로받고 스스로 음식을 해 먹으면서 다시 일어설 힘을 내길 바랐기 때문이다. 그래서 책을 다 읽고 딸에게 편지를 썼다. 이 글을 쓸 때 아이는 다섯 살이었다. 아직 내 글을 이해할 수 없는 나이였지만, 아이가 커서 글을 읽고 책도 읽어보기를 바라는 마음으로 썼다.

> 너를 재우다 엄마도 깜빡 잠이 들었는데, 후두둑 빗소리에 이불을 걷어내고 일어났어. 빨래를 널어놓은 베란다에 비가 들이칠지도 몰라서 말야. 서둘러 베란다 창을 닫고 방 창문들도 닫았어. 다시 잘까 했는데, 한번 달아난 잠이 오지 않는구나. 그래서 엄마는 오늘 읽은 책 한 권을 너에게 이야기하기로 했어. (중략) 이 책에는 모두 스물일곱 개의 레시피가 있어. 간단하지만 한 끼 식사로 충분한 음식 레시피가 있지. 그리고 엄마보다 먼저 삶의 다양

> 한 길들을 걸어본 작가가 들려주는 따뜻한 이야기가 있단다. 자신이 초라해 보일 때, 자존심이 깎일 때, 모든 게 잘못된 것 같을 때, 세상이 개떡 같아 보일 때, 살기 힘들 때, 혼자 있고 싶을 때, 마음이 답답할 때 펼쳐보면 좋을 이야기들이 있어. 그 이야기를 읽으며 먹을 수 있는 음식을 만드는 레시피는 이 책이 주는 특별한 선물이고 말야.
>
> —'요리하는 엄마가 되어볼게' 중에서

마지막 수신인은 **미지의 독자**다. 주로 불특정 다수의 사람들에게 책을 추천하고 싶을 때 쓴다. 그래서 편지의 수신인은 2인칭이다. '너' 혹은 '당신'. 나는 아프리카의 작가 마리아마 바가 쓴 『이토록 긴 편지』(열린책들, 2011)를 읽고 '너'에게 편지를 썼다. 한 사람을 특정하지 않았지만, 글을 읽는 사람이 '나에게 보낸 것'이라고 느끼게 하고 싶었기 때문이다. 이 책은 아프리카 여성의 삶을 그리고 있다. 주인공이 친구에게 편지를 써서 자신의 삶을 들려주는 구성이다. 그래서 나도 여성 중 누군가에게 편지를 쓰고 싶었다. 그러나 남성이 읽는다고 해도 공감할 수 있는 글을 쓰고 싶어서 '너'라는 미지의 수신인에게 편지를 썼다.

지난 금요일에 책을 한 권 읽었어. 『이토록 긴 편지』였지. 편지로 된 소설이었고, 아프리카 여성들에 관한 얘기였어. (중략) 나는 이 책을 읽으면서 마음이 너무 괴로웠어. 여성이라는 이유로 사물 취급 받는 상황을 이해하기 힘들었고, 이런 일이 아직도, 여전히! 벌어지고 있다는 사실에 경악했어. 그런데 내게는 경악할 일이 누군가에게는 당연한 현실인 게 너무너무 슬펐단다.
그럼에도 불구하고 이 책이 억압당하는 여성의 이야기만 하고 있는 건 아니야. 시어머니에게 복수를 당했던 아이사투가 어떻게 행동했는지, 남편이 죽은 뒤 자신에게 찾아와 '나의 네 번째 부인이 되라'고 했던 아주버니에게 라마툴라이가 어떻게 말했는지를 보면 다른 무언가를 느낄 수 있단다. 그들은 더 이상 주어진 현실대로 살지 않아. 어렵고 힘들 것을 알지만 자신이 원하는 삶을 선택하지.
나는 세상의 모든 여성이 자신이 원하는 삶을 살았으면 좋겠어. 사물 취급 당하면서 누군가의 재산 목록에 오르는 게 아니라, 온전한 한 인간으로 살면서 꿈을 꾸고 꿈을 이루며 살았으면 좋겠어. 라마툴라이와 아이사투가 바라던 것처럼 말야.

—'이토록 긴 편지를 읽을 너에게' 중에서

수신인은 누가 되어도 좋다. 하고 싶은 말이 있는 사람이면 충분하다. 그것이 주인공이든 등장인물 중 한 사람이든 저자든 미지의 독자든 상관없다. 작품을 통해서 이야기를 나누고 싶은 한 사람이면 된다. 수신인이 꼭 사람일 필요도 없다. 작품 속에 등장하는 사물일 수도 있고, 내 곁에 있는 반려동물일 수도 있다. 중요한 것은 내가 대화를 하고 싶은 대상을 찾는 것이다. 내 맘속에 고인 말들을 쏟아낼 수 있도록 장[場]을 만들어주는 대상. 책을 읽다 보면 그런 대상을 만나게 될 것이다.

편지큐레이터의 삼론

감상문 쓰는 법

수신인을 정했다면, 글을 어떻게 쓸지 큰 그림을 그린다. 서론·본론·결론에 어떤 내용을 써야 하는지 구성을 해보는 것이다. 먼저 서론에는 정보를 주면서 시작할 수 있다. 책을 읽게 된 동기나 이유, 혹은 책이나 저자에 대한 정보를 가볍게 언급한다. 좋아하는 작가의 작품이라서 읽게 되었다거나, 서점에서 우연히 발견했는데 제목이 마음에 들었다거나, 아니면 누군가 추천해준 작품이라 읽었다고 동기를 밝히면 된다. 작가나 작품에 대해 알고 있는 사실을 밝히면서 시작할 수도 있다. 약간의 정보를 통해서 독자에게 호기심을 불러일으키는 것이 포인트다.

본론에는 책의 줄거리를 소개하면서 내가 느낀 것들을 쓴다. 이때 줄거리를 세세하게 다 적는 것이 아니라 간략하게 요약한다. 감상문을 쓰는 목적은 다른 이도 이 책을 읽게 하는 것이다. 무언가 궁금증을 남겨야 다른 이도 책을 찾아보게 된다. 그러니 처음부터 끝까지 모든 것을 다 알려주려고 하지 말고, 내가 인상 깊게 보았던 장면이나 꼭 언급하고 싶은 내용 등을 써보자.

결론에는 책을 읽고 난 후에 받은 전체적인 느낌, 혹은 이 책을 통해서 깨달은 것들을 기록하면 좋다. 이 책을 읽었으면 하는 사람들이나 추천하는 이유 등도 적을 수 있다. 결론에서는 글을 마무리한다는 느낌으로 정리하면 된다. 그럼 다자이 오사무의 『사양』(민음사, 2018)을 읽고 쓴 리뷰를 보면서 삼론을 살펴보자.

가즈코님께

✺ 서론

당신의 삶이 기록된 글을 읽었습니다. 다자이 오사무의 『사양』이었지요. 그의 작품은 자전적 소설이라는 『인간실격』을 읽었을 뿐입니다만, 당신의 이야기를 읽는 내내 '이건 역시 다자이 오사무의 작품이군!'이라는 생각을 했습니다. 평론가들은 당신의 이야기가 다자이 오사무의 여느 작품과 확연히 다르다고들 하지만 글쎄요, 저는 또 다른 요조의 이야기라고 생각하며 읽었습니다. 그만큼 결이 많이 닮아 있었지요.

✸ **본론**

당신은 귀족 집안에서 태어난 장녀였습니다. 이혼한 후 친정으로 돌아와 아픈 어머니를 모시고 살았지요. 도쿄가 아닌 이즈의 산장에서 어머니를 모시며 사는 삶은 겉으로는 평화로워 보였으나, 속으로는 어떤 열망을 죽이고 또 죽여야 하는 생활이었습니다. 당신은 어머니 때문에 살고 있다고 할 만큼 정성을 다해 어머니를 모셨습니다. 당신의 어머니는 귀족의 품격을 지닌 사람이었지만, 그게 전형적인 귀족의 모습은 아니었습니다. 식사를 하면서 식사 예절을 지키지 않아도 천박해 보이지 않는 사람이었지요. 만들어진 우아함이 아니라 DNA에 새겨진 우아함이 있는 사람이었으니까요. 혹자들은 어머니를 향해 우아하기만 할 뿐 경제적인 능력도 생활력도 없다고 비난하더군요. 그래서 당신의 삼촌이 집을 팔고 이즈로 내려가라고 했을 때도 그의 뜻에 따랐다고요. 그러나 나는 당신 어머니가 무능했다고 단언하고 싶지 않습니다. 나오지의 삶을 연장시킨 사람이 바로 어머니였으니까요. (어떤 사람이든 한 사람을 살게 하는 사람은 무능할 수 없다는 게 저의 지론입니다.)

내가 당신의 이야기를 읽으면서 또 다른 요조의 이야기라고 느낀 건, 당신 동생 나오지 때문이었습니다. 요조와 나오지가 동일 인물이라고 해도 무색할 만큼 그 둘은 닮아 있었지요. 두 사람은 '나는 누구인가?'를 알아내지 못해 끝내 자신의 삶을 몰락시켰지만, 누구보다 삶을 사랑하려고 노력했던 사람이었습니다. 노력은 했으나 그 노력이 제대로 된 결과로 이어지지 않아, 날마다 저물다 결국 영원히 저물고 말았지만요.

처음에 책을 읽을 때는 가즈코 당신이 주인공인 줄 알았습니다. 그런데 책 제목이 '사양'이라는 걸 깨닫고 '아, 다자이 오사무는 나오지의 이야기를 하고 싶었구나' 생각했습니다. 물론 당신을 통해서 새로운 삶을 선택한 한 사람의 이야기도 하고 싶었을 것입니다. 그러나 다자이 오사무는 아침에 찬란하게 뜨는 해도 결국은 지고 만다는 것을 말하고 싶었던 모양입니다. 그래서 저녁 때 지는 해를 뜻하는 '사양'을 제목으로 걸었겠지요.

그런데 가즈코, 나는 이 책의 주인공으로 당신의 이름을 기억하고 싶습니다. 당신만큼은 오늘의 해가 져도 내일의 해가 뜬다는 것을 믿길 바라기 때문입니다. 어둡고 긴 밤이 와도 결국 아침이 온다는 것을, 어머니가 저물고 나오지가 저물고 우헤하라마저 저문다고 해도, 당신이 원하면 당신의 날들은 날마다 떠오른다는 것을 당신이 믿었으면 좋겠습니다. 당신이 생명을 품기로 결심했을 때, 이미 당신은 그 믿음을 가졌을 테지만요.

✸ 결론

당신의 이야기가 세상에 나온 지 70년이 지났지만, 여전히 사람들은 당신의 이야기에 고개를 끄덕입니다. 세상은 많이 변했지만 사람이 삶을 살아가는 방식은 변함이 없으니까요. 저 또한 당신의 이야기에 고개를 끄덕이며 책장을 덮고 창밖을 바라봅니다. 어느덧 해가 지고 있군요. '사양'입니다. 그러나 해가 완전히 지고 어둠이 온다 해도 해는 어딘가에 존재하고 있겠지요. 눈에 보이지 않아도 그걸 믿는 사람에게는 찬란한 아침이 찾아올 것입니다. 저 또한 그걸 믿으며 지는 해를 바라봅니다.
내일 다시 떠오를 가즈코, 그럼 안녕.

74년을 건너와 만난 당신의 친구.

여기에서 제안한 구성이 완벽한 정답은 아니다. 책을 읽고 글을 쓸 때 저마다 다른 구성을 떠올릴 수 있다. 책의 전체적인 내용만 언급할 수도 있고, 책 속에서 발견한 하나의 문장을 내 삶과 연결해 쓸 수도 있다. 글에 정답이 없는 것처럼 감상문에도 정해진 정답은 없다. 당신이 쓰면 그것이 정답이다.

일찍이 다정함을 발견한 사람들

얀 마텔부터 이슬아까지

편지로 감상문을 쓰는 것이 새로운 것 같지만, 이미 많은 사람들이 쓰고 있다. 그중 가장 유명한 사람은 『파이 이야기』를 쓴 얀 마텔Yann Martel이다. 그는 '나를 지배하는 사람이 어떤 문학 작품을 읽었는지를 알 권리가 내게는 있다'고 생각했다. 그래서 2007년 4월부터 2011년 2월까지 격주로 캐나다의 총리에게 편지와 책을 보냈다. 책은 출간된 지 얼마 안 된 새 책부터, 이름 모를 사람의 낙서로 가득한 중고 책까지 다양했다. 그는 편지에 책을 추천하는 이유와 책의 내용, 자신의 생각 등을 적었다. 때로는 우리가 책을 읽어야 하는 이유와 문학이 삶에 미치는 영향에 대해서도 설파했다. 얀 마텔은 101통의 편지를 통해서 지도자가 문학 작품을 읽어야 하는 이유를 꾸준하게 전했다. 그의 편지는 2013년 『각하, 문학을 읽으십시오』라는 제목으로 출간되었다가 2022년 『얀 마텔 101통의 문학 편지』(작가정신)로 개정되어 나왔다.

『우리 세계의 모든 말』(카멜북스, 2021)은 김이슬과 하현 작가의 독서 교환 편지를 묶은 에세이로, 91년생 동갑내기 여성 작가 둘이 책에 대해 주고받은 이야기가 담겨 있다. 두 사람은 책에서 읽은 문장을 곱씹고 그 문장이 자신에게 주는 의미를 생각한다. 그리고 문장이 불러일으킨 사건이나 이야기를 한 통의 편지에 정리한다. 책의 전체적인 내용보다 문장에서 느낀 것들을 자신의 삶과 연결해 소개하고 있다. 하나의 문장이 어떤 에피소드를 만들어내는지 살펴볼 수 있는 좋은 책이다.

그런가 하면 때로는 조곤조곤하게 때로는 저릿하게 편지를 쓰는 사람이 있다. 『너는 다시 태어나려고 기다리고 있어』(헤엄, 2019)를 쓴 소설가 이슬아다. 그는 2019년 〈일간 이슬아〉에 쓴 서평을 모아 한 권의 책으로 엮었다. 책에는 다양한 글이 담겨 있는데, 친구 사이로 지내는 옛 연인과 엄마에게 쓰는 편지도 있고, 잡지에 발표한 서평도 있다. 이 중에서 단연 돋보이는 글은 역시 서간체로 쓴 서평들이다. 이 서평은 늘 누군가의 삶을 보여주는 것으로 시작된다. 그래서 낯설지 않다. 마치 나에게 보내는 편지 같아 집중하게 된다. 누군가의 삶은 책의 내용에 닿고, 다시 돌아와 나의 삶을 생각하게 한다. 이슬아의 편지를 읽고 나면 답장을 해야 할 것 같아 그가 언급한 책을 찾게 된다. 책을 읽고서 나도 무언가를 써야 할 것 같다.

편지로 쓰는 서평의 힘이 여기에 있다. 읽는 이의 마음을 움직인다. 그래서 답을 하려고 노력하게 된다. 나도 모르는 사이 다정한 문장에 감화되어 나 또한 다정한 사람이 되는 것이다. 편지로 쓰는 서평은 편지가 가진 다정함이라는 큰 장점을 제대로 발휘할 수 있는 글이다. 그러니 책을 읽고 마음에 어떤 울림이 남았다면, 다정하게 편지로 서평을 써보자.

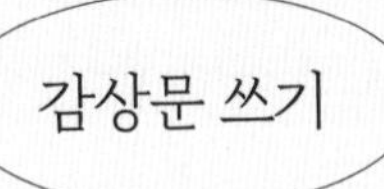

감상문 쓰기

에게

9

낯선 세상을 간직하는 글
기행문

기행문 : 여행하면서 보고 듣고 느끼고 겪은 것을 적은 글
대체로 일기, 편지, 수필, 보고서 형식으로 쓴다

마음밭에 씨가 날아오는 시간
여행과 관광의 차이

삶이 고단할 때마다 여행을 꿈꾼다. 여기가 아닌 새롭고 낯선 곳에 가면 방전된 에너지를 충전할 수 있을 것 같은 기대감 때문이다. 실제로 여행을 가면 스치는 바람 한 줄기, 저무는 태양 빛에도 위안을 받는다. 낯선 곳에서 받은 위안은 다시 살아갈 힘이 된다. 글 쓰는 사람에게 살아갈 힘은 '쓸 수 있는 힘'이다. 그래서 작가들은 여행을 떠나고, 그곳에서 글이 될 무언가를 만난다. 나도 그랬다.

20여 년 전 가을, 건축 디자인을 전공하는 친구와 남양주에 있는 능내를 찾았다. 환기를 위한 나들이였다. 친구는 자신의 집을 지을 땅으로 능내를 선정했다며 나를 데리고 갔다. 물론 그 땅은 그의 것이 아니었다. 그저 친구들과 엠티를 왔다가 발견한 곳으로, 과제를 하기 위해 마음속에 자기 집을 지을 공간으로 선정한 땅이었을 뿐이다. 그곳에 다산 정약용의 생가가 있었다.

당시 다산의 생가 옆에는 작은 박물관이 있었는데, 그곳에서 다산이 부인의 낡은 치맛자락에 썼다는 편지를 처음 보았다. 다산에 대해 아무것도 모르던 시절이었음에도 그 편지가 눈에 밟혔다. '붉은 치맛자락에 쓴 편지'는 그렇게 내 마음밭에 들어왔다. 그 후 〈농아광지〉로 사람이 되어 온 다산을 만났고, 다산의 편지를 현대인들에게 소개하고 싶다는 열망에 사로잡혔다. 200여 년 전에 그가 했던 말이 지금을 사는 사람들에게 어떤 의미가 있을지 생각하며 한 편씩 글을 썼다. 글을 쓰는 동안 종종 능내를 찾아갔다. 다산생태공원 앞에서 강을 바라보며 이 강을 다산도 바라봤겠구나 생각했고, 그가 보낸 편지를 이곳에서 받았을 자녀들의 마음을 헤아려보았다. 그렇게 다산이 발아되어 한 권의 책이 되었다. 2021년에 나온 『다산의 철학』은 20여 년 전 가을에 날아든 씨앗 하나에서 시작되었다.

글 쓰는 사람에게 다른 곳을 찾아 떠나는 일은 매우 중요하다. 내가 몰랐던 낯선 세계를 경험하며 발아될 씨앗을 만나기 때문이다. 그러나 '관광'의 마음이 아니라 '여행'의 마음으로 길을 나서야 한다. 이 둘은 설핏 같아 보여도 차이가 있다. 글을 쓰려고 하는 사람들은 이 차이를 알아야 한다. 관광이 '드러나는 빛나는 모습을 보는 것'이라면, 여행은 '나그네의 모습으로 이리저리 다니며 경험하는 것'이라는 걸. 나는 겉으로 드러나 보이는 것보다 안에 숨은 이야기를 찾는 사람이 작가라고 생각한다. 박물관 안내 책자에 적힌 정보를 읽는 것보다 유리관 안에 있는 유물의 삶에 대해 상상할 수 있는 사람 말이다. 그래야 나만의 글을 쓸 수 있고, 기행문 또한 보고 알게 된 사실을 그대로 적는 견학 기록문과 다르게 쓸 수 있다.

길 위의 초대장

기행문 쓰는 법

보고 듣고 느끼고 겪은 것을 쓰면 된다는 기행문의 정의를 들여다보면, 이 글의 형식과 쓰는 법을 모두 알 수 있다. 날마다 쓰는 일기처럼, 누군가에게 여행 이야기를 전하는 편지처럼, 불특정 다수를 위한 글처럼, 아니면 세세하게 보고하는 보고서처럼 쓸 수 있다.

기행문을 쓸 때 중요한 것은 구성이다. 편지로 쓸 때도 마찬가지다. 여행의 전 과정을 시간순으로 구성할 수도 있고, 인상 깊었던 것들만 꺼내놓을 수도 있다. 기행문을 처음 쓰는 사람들이 쉽게 쓰는 방법은 시간 순서대로 쓰는 것이다. 여행지로 떠나기까지의 준비 과정과 출발하면서부터 여행지에 도착하기까지 있었던 일, 여행지에서 가장 먼저 본 것과 들은 것 그리고 느낀 것, 그다음에 만난 것들을 시간 순서대로 적으면 된다. 이 경우 내가 경험한 것을 순서대로 쓰기 때문에 무엇을 써야 할지 고민하는 시간을 줄일 수 있다. 그러나 여행지에서 보고 듣고 느낀 것이 너무 많거나 여행 기간이 길어서 모든 것을 다 쓸 수 없다면 인상적인 것을 추려서 쓸 수도 있다. 여행 순서대로 글을 쓰되, 인상적이었던 것을 골라 소개하는 것이다. 이렇게 쓸 때는 하나의 소재로 한 편의 글을 쓸 수도 있고, 날마다 인상적이었던 것들을 몇 개씩 추려서 기록할 수도 있다.

시간 순서대로 여행의 여정을 기록하든 인상적이었던 것을 소개하든, 기행문을 쓸 때 놓치지 말아야 하는 것이 있다. 바로 '정보'와 '감상'이다. 여행지에 대한 정보와 글쓴이의 감상이 함께 있어야 한다는 뜻이다. 기행문이 여행 정보 책자와 다른 이유가 여기에 있다. 정보만 가득한 게 아니라 여행한 사람의 느낌과 감정이 있다는 것. 독자는 글쓴이가 보고 듣고 느끼고 경험한 것들을 읽으면서 간접 경험을 한다. 그러고 나면 직접 경험하기를 꿈꾼다. 우리가 기행문을 쓰는 이유는 여행을 기록으로 남기는 것 이상의 의미가 있다. 다른 사람을 그곳으로 초대하는 역할을 하기 때문이다. 그런 의미에서 기행문의 또 다른 이름은 '길 위의 초대장'이다.

그렇다면 초대장은 언제 써야 할까? 보통 기행문은 여행하는 동안 틈틈이 메모를 해두었다가 집으로 돌아와 정리하면서 쓴다. 그러나 편지로 기행문을 쓸 때는 여행 중에 쓰는 것이 가능하다. 여행을 하다 생각난 사람에게 안부 편지를 쓰듯 여행에 관한 편지를 쓰는 것이다. 편지로 쓰는 기행문에는 수신인이 있으니, 그에게 여행지에서의 일을 적어 바로바로 보내는 것도 그럴듯한 기행문이 된다.

안부 인사와 보고서

여행자와 선교사의 편지

소설가 이태준은 『서간문 강화』(깊은샘, 2004)에서 여행에 대해 이렇게 말했다. 내가 만난 새로운 세상에서 얻은 감흥을 돌아가기 전에 글로 써서 지인과 나누는 것은 여행하는 사람의 '예의'라고. 그런 의미에서 보면 라이너 마리아 릴케Rainer Maria Rilke와 귀스타브 플로베르Gustave Flaubert는 이런 예의를 아는 사람이었다.

라이너 마리아 릴케는 프로방스를 사랑했다. 그는 숨을 거두기 얼마 전에도 프로방스에 거처를 마련하는 것을 꿈꿀 정도로 프로방스에 대한 애정을 품고 있었다. 릴케는 프로방스를 여행할 때마다 지인들에게 편지를 써서 그곳의 풍경을 전했다. 해변에 있는 마을 생트마리드라메르

Saintes-Maries-de-la-Mer를 순례할 때는 한때 자신의 뮤즈였던 루 안드레아스 살로메Lou Andreas-Salomé와 야노비체 성에서 살롱을 운영하던 폰 보루틴 부인 등에게 편지를 썼다. 생트마리는 집시들에게 특별한 장소로 기억된다. 특히 예수가 부활한 후에 세 명의 마리아가 정착했다고 전해지면서 집시들에게 추앙받는 곳이 되었는데, 릴케는 그곳을 순례하며 요새풍의 오래된 교회와 그곳에서 만난 사람들, 해마다 집시를 위한 성녀를 기념하는 행렬이 이어지는 모습 등을 전한다. 또 아비뇽에서는 자신의 후원자였던 마리 탁시스에게 편지를 쓰는데, '팔레 데 파트Palais de Papes, 교황청에 가면 양어장과 사냥터를 그린 벽화가 있는 방을 꼭 보라'고 추천한다. 그러면서 '교황청 앞에 오른쪽으로 난 좁은 길도 그냥 지나치지 말라'고 하면서, 이곳의 매력을 제대로 느끼려면 여름에 가는 것이 좋다고 제안한다. 릴케의 프로방스 여행 편지는 『릴케의 프로방스 여행』(문학판, 2015)에서 확인할 수 있다.

귀스타브 플로베르는 스물여덟 살이던 1850년 2월 나일강에 돛단배를 띄웠다. 다섯 달 동안 강을 거슬러 올라가는 여행을 하기 위해서였다. 플로베르는 이 여행 중에 지인들에게 편지를 써서 여행지에서의 생활을 생생하게 전하는데, 특히 어머니에게 보낸 편지가 눈길을 끈다. 그는 나일강은 기름이 흐르는 강처럼 잔잔하다고, 나일 강변은 바닷가와 비슷하다며 강 위에서 본 것들을 세세하게 적는다. 그러면서 이런 풍경을 어머니와 함께 볼 수 있다면 얼마나 좋겠느냐며 아쉬워한다. 이 기행 편지는 국내에서 『플로베르의 나일 강』(그린비, 2010)이라는 책으로 엮어 출간되었다.

릴케와 플로베르의 글이 여행 중에 쓴 안부 편지에 가깝다면, 보고서에 가까운 편지를 쓴 사람들도 있다. 바로 조선에 온 선교사들이 쓴 편지다. 우리나라에 선교사가 들어온 것은 1795년이다. 중국인 신부 주문모가 조선에 들어와 선교사로 활동하다 1801년에 순교하자, 천주교 신자들은 교황에게 편지를 써 선교사를 보내달라고 요청한다. 그들의 간절한 바람이 이루어진 것은 1837년이었다. 프랑스 신부들이 조선에 들어와 선교 활동을 이어간 것이다. 프랑스 신부들은 조선에서 활동하며 수많은 편지를 중국과 고국으로 보냈다. 나는 이들의 편지가 보고서 형식의 편지 기행문이라고 생각한다.

프랑스 선교사들이 쓴 편지에는 국경을 넘어 조선으로

들어오는 입국 과정을 비롯해, 사제로서 성사를 집전하기 위해 다니는 성사 여행에 관한 이야기, 낯선 나라 조선에서 적응하며 살아가는 일상 이야기, 선교 자금이 어떻게 쓰이고 있는지의 과정, 조선에서 받고 있는 물품 등이 세세하게 기록되어 있다. 편지는 수신인에 따라 내용이 조금씩 달라진다. 교회 관련 사람들에게 보내는 공식적인 편지는 공적인 시선으로, 가족을 비롯해 지인들에게 보내는 편지는 사적인 시선으로 쓰였기 때문이다. 그래서 이들의 편지는 공적인 것과 사적인 것을 비교해서 읽는 재미가 있다. 공적인 편지는 조선 땅을 밟은 첫 번째 주교였던 앵베르Laurent-Joseph-Marius Imbert 주교의 편지를 담은 『앵베르 주교 서한』(천주교수원교구, 2011)에서, 사적인 편지는 선교사 중에서 가장 많은 기록물을 남긴 다블뤼Marie-Nicolas-Antoine Daveluy 주교의 편지를 담은 『다블뤼 주교가 가족들에게 보낸 편지』(기쁜소식, 2018)에서 확인할 수 있다.

혹시 편지로 쓴 기행문을 더 읽어보고 싶다면, 지크문트 프로이트Sigmund Freud의 여행 편지를 엮은 『우리의 마음은 남쪽을 향한다』(웅진북스, 2003)와 우리나라 작가들의 기행 편지를 담은 『작가들의 여행편지』(예스위캔, 2009)를 펼쳐보자. 의사이자 심리학자였던 프로이트가 여행에서 보고 듣고 느낀 것을 어떻게 나누었는지, 글을 쓰는 작가들은 어떤 시선으로 길에서 만난 풍경들을 바라보는지 알 수 있을 것이다.

10

그림처럼 그리는 글
설명문

설명문 : 읽는 이들이 어떠한 사항에 대해 이해할 수 있도록 객관적이고 논리적으로 서술한 글

그림을 설명하고 싶다면
고흐와 릴케의 편지

옛 사람들이 남긴 편지 중에서 내가 가장 좋아하는 것은 빈센트 반 고흐Vincent Willem van Gogh의 편지다. 많은 사람들이 〈아몬드〉〈별이 빛나는 밤〉〈해바라기〉 등을 통해서 빈센트를 알게 되고, 다른 작품을 찾아보다가 그가 동생 테오에게 남긴 편지에 닿는다. 그러나 나는 반대로 빈센트의 편지를 읽다가 그에게 반해 작품을 찾아보게 되었다.

10여 년 전 편지 공부를 시작하면서 편지에 관한 자료

들을 모으던 중 빈센트가 쓴 편지를 엮은 책들을 구입했다. 그러나 다른 편지들을 읽느라 책장에 꽂아두기만 했고, 여러 해가 지나서야 그의 편지를 읽게 됐다. 문장이 좋아서 깜짝 놀랐다. 빈센트는 화가였지만 글도 잘 쓰는 작가였다. 편지를 읽을수록 이 사람의 그림이 궁금했다. 편지에 그림에 대한 설명이 있는데, 옆 페이지에 실린 그림은 다른 그림인 경우가 많았다. 그래서 따로 그의 그림을 찾아보기 시작했다. 편지에 언급된 그림을 찾아 그가 어떻게 설명했는지 비교해본 것이다.

빈센트가 남긴 편지는 900여 통이다. 이 중 자신을 후원해준 동생 테오에게 남긴 편지가 668통에 달한다. 이 편지에는 인생, 책, 사람, 작품에 관한 이야기들이 담겨 있다. 빈센트는 특히 테오에게 자신이 그린 그림을 자주 설명했다. 이 그림을 왜 그렸는지, 어떤 색을 썼는지, 하루 동안 어떤 그림을 얼마나 그렸는지, 마치 작업 일지처럼 세세하게 쓴 편지도 있다. 그가 작품에 대해 테오에게 설명한 편지 중에서 가장 눈길을 끄는 편지는 1888년 10월 16일에 쓴 편지다.

1888년 10월 16일

내 작업이 지향하는 바를 네가 조금이라도 상상해볼 수 있도록 작은 스케치 한 점을 보낸다. 오늘 다시 이 일을 손에 잡았거든. 아직 눈이 피로하긴 해도 새로운 착상이 떠올라 스케치로 옮겨보았단다. 이것 역시 30호 화폭. 이번 그림은 그냥 내 방이야. 이 그림을 독창적으로 만드는 건 바로 색채란다. 단순화를 통해 형식미가 살아나고 휴식과 잠의 분위기를 자아낸다고나 할까. 요컨대 그림을 바라보는 것만으로도 머릿속에서 혹은 상상 속에서 휴식을 맛볼 수 있다는 거지.

벽은 연보라색, 바닥의 타일은 붉은색, 나무 침대와 의자는 신선한 버터옐로우색, 시트와 베개는 아주 연한 레몬그린색이란다. 침대 커버는 스칼렛레드, 창문은 녹색이야. 세면대는 오렌지색, 대야는 파란색, 문은 라일락색이지.

그래, 덧창이 내려진 이 방에 있는 거라고는 이게 전부야. 가구들의 견고한 모습 역시 확실한 휴식의 느낌을 전해준단다. 벽에는 초상화들을 비롯해 거울 하나, 수건 하나, 그밖에 옷 몇 벌이 걸려 있고 말이다. 그림의 틀은 흰색이었으면 하는 게, 이 그림 속엔 흰색이 없거든. 내가 지금까지 취할 수밖에 없었던 휴식에 대한 앙갚음이라 할 만한 그림이지.
내일은 온종일 이 그림에 다시 전념할 생각이야. 그림의 구상이 얼마나 단순한지 이제 너도 알 수 있겠지. 물체의 어두운 부분과 그림자는 생략된단다. 일본 판화처럼 담백하고 균일한 색조로 처리되는 거야. 타라스콩의 합승마차나 밤의 카페와는 대조적인 그림이 될 게 분명해.
—『빈센트 반 고흐』, 빈센트 반 고흐, H. 안나 수 엮음, 이창실 옮김.

빈센트는 자신의 방을 설명하는 이 편지를 쓰면서 스케치를 함께 곁들였다. 이 편지를 읽고 그의 〈노란방〉을 찾아보면 감탄이 절로 나온다. 편지에 있는 설명과 그림이 매우 똑같기 때문이다. 편지와 그림을 번갈아 보고 있으면 그림을 그리고 있는 그의 모습이 떠올라 뭉클해지기도 한다.

빈센트가 자신의 그림을 설명하는 글을 썼다면, 라이너 마리아 릴케는 다른 사람이 그린 그림을 설명하는 글을 썼다. 릴케는 여러 화가들과 교류하며 그림에 대한 안목을 키우던 사람이었다. 그가 세잔Paul Cezanne의 작품을 만난 것은

1906년이었으나, 세잔을 깊이 만난 것은 1907년이었다. 파리 그랑팔레에서 열린 〈살롱 도튼Salon d'Automne〉에서였다. 한 해 전 세상을 떠난 세잔을 기리기 위해 마련된 전시에서 릴케는 세잔의 그림 56점을 만났다. 살롱 도튼이 열리는 동안 세잔은 거의 매일 전시실에 가서 세잔의 그림을 보았다. 그리고 부인 클라라Clara Rilke에게 자신이 만난 그림과 세잔에 대한 편지를 썼다.

1907년 10월 9일 수요일, 파리 29구 캐세트 거리

오늘은 세잔에 대해 잠깐 이야기하고 싶습니다. 자신의 작업 습관과 관련해 그는 마흔 살까지 보헤미안으로 살아왔다고 주장했습니다. 그때가 되어서야 피카소와의 친분을 통해 그림 작업에 취미를 붙였습니다. 그 후 30년 정도의 기간 동안 그는 그림 작업만 했습니다. 즐거움도 없이, 끊임없이 분노하며 그림 하나하나와 충돌했던 것 같습니다. 자신이 가장 필수적이라고 여긴 것을 담아내지 못했기에 작품에 만족하지 못했던 것입니다. 스스로 '자아실현'이라고 불렀던 것을 그는 루브르 박물관에서 찾았습니다. 루브르 박물관에 전시된 베네치아파 화가들의

작품을 보고 또 보며 그는 그들의 작품세계를 아낌없이 인정하고 받아들였습니다.

사물에 대한 확신과 실체성을 얻으려면, 실체는 그 사람의 사물에 대한 경험에 의해 파괴될 수 없을 만큼 강화되고 위력을 발휘해야 합니다. 세잔에게는 이것이 가장 깊은 내면 작업의 목적인 것처럼 보였습니다. 그는 늙고, 아프고, 지친 몸으로 쓰러질 지경까지 규칙적으로 매일 작업에 몰두했습니다.

—『아내에게 보내는 편지』, 라이너 마리아 릴케, 옥희종 옮김, 가갸날, 59쪽.

릴케는 세잔과 세잔의 그림에 대해 한 달 동안 거의 매일 편지를 썼다. 전시관에서 만난 세잔을 프랑스 거리와 사람들에 투영해 세잔의 눈으로 세상을 바라보았다. 그리고 날마다 클라라에게 편지로 전했다. 이 편지는 릴케 사후에 한 권의 책으로 엮였는데, 클라라가 릴케에게 받은 편지 중에서 세잔에 관한 부분만 발췌해 출간한 덕분이다. 국내에는 『아내에게 보내는 편지』(가갸날, 2021)로 번역되었으니 세잔 회고전에 대한 릴케의 미술비평이 궁금한 이들은 읽어봐도 좋겠다.

어린이 아니면 노인이 읽는다

설명문 쓰는 법

박물관이나 전시관에 가면 벽에 붙은 글을 보게 된다. 작품이나 전시물에 관해 설명해놓은 글이다. 그런데 어떤 글은 쉽게 읽히는 반면, 어떤 글은 무슨 의미인지 도대체 이해할 수 없을 때가 있다. 독특한 용어나 어려운 단어가 충분하게 설명되지 않았기 때문이다. 박물관이나 전시관 패널에 사용되는 글은 독자층을 초등학교 4학년생 정도로 설정한다. 그 아이들이 읽고 이해할 수 있도록 쉽게 설명하는 것이다.

설명문이라고 하면 전문적인 글 같아 내가 쓰기는 어려운 글이라고 생각하는 사람들이 있다. 그러나 설명문도 누구나 쓸 수 있다. 단, 내가 설명하려고 하는 사안에 대해서 정확하게 꿰뚫고 있을 때 쓰기가 가능해진다. 그러려면 쓰려고 하는 것에 대해 정확한 정보를 알아야 하고, 되도록 많은 정보를 입수해 내 안에서 나의 것으로 만들어야 한다. 누군가 써놓거나 만들어놓은 정보를 그대로 보여주는 것이 아니라, 나의 문장으로 다시 재창조해서 꺼내놓아야 하는 것이다. 이럴 때마다 나는 아인슈타인의 말을 떠올린다.

아인슈타인은 "당신이 아는 것을 할머니가 이해하도록 설명하지 못하면, 당신은 그것을 아는 것이 아니다."라고 했다. 이 말은 내가 글을 쓰는 데 많은 도움을 주었다. 아이들이 보는 학습 만화에 정보를 알려주는 글을 쓸 때도, 유명한 편지를 찾아 소개하는 글을 쓸 때에도 이 말을 떠올렸다. '내가 쓴 글을 할머니가 이해할 수 있을까?'를 생각하고 또 생각했다. 글을 쓴 후에 소리 내서 읽으면서 할머니가 이해할 수 없는 부분들은 삭제하고 수정했다.

설명하는 글이 독자에게 쉽게 다가가려면, 쉽게 쓰는 것도 중요하지만 충분히 설명을 해주는 것도 필요하다. 독자는 이 사안에 대해서 아무것도 모른다고 생각하고, 처음부터 차근차근 설명해주는 친절이 필요하다. 쓰는 사람은 이미 그것에 대한 정보를 많이 알고 있기 때문에 다른 사람도 그것을 알 것이라는 착각에 빠진다. 나에게 익숙하기 때문에 다른 이들에게도 익숙할 것이라고 생각하는 것이다. 물론 그것에 대해 나보다 더 많이 아는 사람도 있겠지만 그들은 열외로 하자. 글을 처음 쓰는 작가에게는 '처음부터 하나씩'의 마음이 중요하므로, 내 글을 읽는 독자에게 내가 첫 정보를 준다는 마음으로 시작해보자.

절은 사라지고 석탑이 말을 걸어왔다

정보로 상상하기

설명문을 쓰는 것이 흥미로운 이유는 이 글을 쓰며 알게 된 정보를 활용해 새로운 글을 쓸 수 있다는 데 있다. 나는 종종 자료를 조사하다가 상상의 나래를 펼친다. 몇 해 전 부여에 다녀와서도 그랬다. 그때 부여에 간 것은 수업의 일환이었다. 부소산성과 정림사지5층석탑, 부여박물관 등을 돌아보는 여행 수업이었고, 여행 후에는 부여에 관한 글을 써야 했다. 나는 여행 중에 모은 자료와 집에 돌아와서 새롭게 찾은 정보들을 취합해 글을 썼다. 그런데 자꾸 정림사지5층석탑에 마음이 쓰였다. 절은 온데간데없이 사라지고 홀로 그 자리에 남아 있는 석탑이, 일본인에 의해서 발굴되고 몸에는 백제가 당나라에 의해 패망됐다는 기록까지 새겨진 석탑이 말을 걸어오는 것 같았다. 그래서 관련 자료들을 다시 한 번 들여다보았다. 자료를 보고 있으니 머릿속에서 새로운 이야기가 만들어졌다. 석탑이 누군가에게 보내는 편지였다.

오래된 인사

내 존재가 세상에 드러난 것은 1942년의 일이라오. 조선총독부에 세워진 고적조사위원회에서 조선의 유적들을 발굴하던 때였소. 후지사오 카츠오라는 사람이 나를 찾아와 여기저기를 둘러봤소. 내가 석탑의 모습을 하고 있으니 여기가 절터였나 싶었던 모양이오. 그는 내가 서 있는 땅을 여러 차례 둘러보고 부소산성 일대도 돌아보기 시작했소. 궁전벽화와 왕궁지를 비롯한 여러 유물을 발견한 그는 '태평팔년무진정림사대장당초太平八年戊辰定林寺大藏當草'라는 이름이 쓰인 기와를 발견했소. 그때부터 사람들은 내가 서 있는 이곳을 '정림사지'로 불렀다오. 더불어 나는 '정림사지5층석탑'이 되었소. 절이 남아 있지 않으니 '정림사가 있었던 땅'이라 부르는 것이라오.

나는 1,400년 이상을 이곳에 서서 수많은 일들을 지켜봤소. 내가 이 자리에 처음 섰을 때는 많은 사람들이 모여

내 주변을 돌았소. 두 손을 모으고 마음을 다해 나를 돌며 백제가 흥하기를, 그리하여 천하태평의 날들이 이루어지기를 바랐던 것이오. 그러나 660년, 영원을 기원하던 사람들의 바람이 흩어져버렸소.

그날이 오기 전, 며칠 소란한 소리가 들렸소. 이리 저리 뛰어다니는 말발굽 소리와 하늘을 찢는 것 같은 비명 소리가 끊이지 않았소. 뭔가 큰일이 일어났다는 것을 알았을 때, 왕궁에 있던 의자왕이 잡혔다는 소식을 들었소. 며칠 후, 왕과 함께 태자 융과 효와 인, 대신과 장군 88명을 비롯해 백성 12,807명이 내 앞을 지나갔소. 모든 것을 포기한 사람의 표정을 본 적이 있소? 삶의 의지를 놓아버린 사람의 표정 말이오. 나는 그날 끝없이 이어지는 행렬 속에서 무수히 많은 죽음의 표정을 보았소. 살아 있으나 죽어 있는 사람들의 표정… 죽지 못해 걷고 있는 사람들을 보는 일은 온몸이 깨지는 아픔이었소. 내가 저들을 위해서 있건만, 저들이 나를 돌며 그토록 염원했건만 나는 저들을 지켜줄 수 없었소.

그들이 떠나는 것을 보며 나는 차라리 산산조각이 나고 싶었소. 온몸에 퍼지는 통증이 제발 나를 부숴주기를 바랐소. 그 바람이 전해진 것일까. 누군가 내 몸을 쪼기 시작했소. 드디어 나도 죽을 수 있겠구나. 저들을 잃어버린 슬픔을 죽음으로 감출 수 있겠구나 싶었소. 그러나 내 몸을 쪼던 사람은 몇 개의 글씨를 새겼을 뿐, 나를 무너뜨리지 않았다오.

그날 내가 살아남은 것은 저주였소. 1,300년이 넘는 세월 동안 나는 수천 번, 아니 수만 번을 몸부림쳤소. 내 몸에 새겨진 '대당평백제국비명大唐平百濟國碑銘'을 지우기 위해 비와 바람과 태양에게 부탁했소. 당나라의 소정방이 백제를 멸망시키고, 왕과 백성들을 당나라로 끌고 갔다는 패망의 기록을 지워달라고. 부디 거센 바람을 일으켜 내 몸을 산산조각 내어달라고. 그러나 나무가 아닌 돌인 나는 쓰러지지도, 상처를 지워내지도 못하고 여기 이렇게 서 있을 수밖에 없었다오.

천 년의 시간을 견디며 나는 수많은 일을 겪었소. 나와 함께 만들어졌던 절이 부서지고, 타들어 가는 것을 보았고, 또 다른 이들이 끌려가고 끌려오는 것을 보았소. 비명소리와 웃음소리가 공존하는 곳에서 나는 천 년의 시간을 견디며 아직도 이곳에 서 있다오.

세상의 모든 것이 변하는 동안에도 나는 변하지 못하고 홀로 서 있을 수밖에 없었소. 움직일수 없게 태어났으니 그것은 내가 어찌할 수 있는 일이 아니었다오. 그래도 천 년을 견딘 덕분에 이 나라 사람으로 다시 태어난 백제인들을 만나곤 한다오. 그들은 자신이 백제인이었다는 사실을 모르지만 나는 그들을 알아볼 수 있소. 나를 바라보는 애틋한 눈이, 문을 나서면서도 자꾸 나를 뒤돌아보는 그 마음이 내게 말을 걸기 때문이오.

현대인의 모습으로 나를 돌아보고 떠나는 이들은 한결같이 고맙다고 인사를 한다오. 오랜 시간을 견뎌주어서 고맙다고, 여전히 여기에 있어주어 고맙다고 말이오. 마음으로 손 흔들며 내게 인사를 건네는 그들에게 나 또한 마음을 전하곤 하오. 내게 인사해주어 고맙다고, 그날 당신들을 지켜주지 못해 미안했다고.

멀어져가는 그들을 보며 나는 조용히 읊조린다오. 천 년을 또 천 년을 여기에 서서 당신들을 기다리겠다고. 당신들이 영원을 기원하던 그 자리에 내가 영원히 서 있어주겠다고.

이 글은 객관적인 사실에 나의 상상력을 더해서 썼다. 석탑이 생각이란 걸 할 리도 없고 백제 사람들이 환생을 했을 리도 없다. 그러나 내 상상 속에서는 석탑도 감정을 가지고 있고 백제인들이 시간을 따라 고려인이나 조선인 혹은 대한민국 사람으로 환생했다. 나는 내게 온 이야기를 놓치고 싶지 않았다. 그래서 글로 남겼고, 또 하나의 작품을 갖게 되었다.

실제 정보를 활용해서 새로운 작품을 쓰는 일은 누구나 할 수 있다. 객관적인 사실에만 몰두하지 말고 여기에 상상을 더하는 연습을 하면 된다. '만약에'라는 가정을 해 보는 것도 좋다. 만약에 이것이 아니라 저것이었다면, 만약에 사물도 감정을 느낄 수 있다면, 만약에 이런 일이 벌어졌다면 등등 내가 알고 있는 정보를 이리 살피고 저리 살피면서 말도 안 되는 상상을 해보는 것이다. 정보에 작은 상상을 더하는 것, 그것이 재창조의 비법이 될 수 있다.

11

내가 배어나는 글

에세이

에세이 : 일정한 형식을 따르지 않고 인생이나 자연 또는 일상생활에서의 느낌이나 체험을 생각나는 대로 쓴 산문 형식의 글

이름 대신 글이 말한다

이토록 투명한 글쓰기

나는 글쓰기를 세 단계로 나눈다. '나'를 위한 글쓰기, '너'를 위한 글쓰기, '우리'를 위한 글쓰기다. 내가 독자가 되는 글부터 시작해 한 사람을 독자로 정하는 글을 거치고, 그 후에 많은 사람들이 읽을 수 있는 글을 쓰면 글쓰기에 대한 자신감을 키울 수 있다. 처음부터 많은 사람들이 읽을 것을 예상하고 거창한 글을 쓰겠다는 생각을 하면 부담감 때문에 첫 문장을 쓰기도 힘들다. 그래서 내 이야기부터 시작

하자는 의미에서 나를 위한 글쓰기를 맨 앞에 두었다. 나를 위한 글이라고 하면 일기를 떠올리기 쉽지만, 편지든 소설이든 에세이든 어떤 글이든 내 이야기가 중심이 되면 된다. 이 중에서 가장 쉽게 내 이야기를 꺼낼 수 있는 글은 에세이다.

에세이에는 가벼운 이야기를 다루는 경수필과 무거운 이야기를 다루는 중수필이 있다. 경수필이 자유로운 신변잡기라면, 중수필은 사회나 과학 이야기를 객관적이고 논리적으로 쓰는 글이다. 경수필이 나를 위한 글쓰기라면 중수필은 우리를 위한 글쓰기가 될 것이다. 초심자에게는 중수필보다 경수필이 쓰기 편할 수 있다. 내 삶에서 건져 올린 이야기를 쓰는 게 사회적인 이슈를 다루는 것보다 쉽기 때문이다.

에세이는 다른 글보다 글쓴이의 개성이나 인간성이 쉽게 드러난다. 어떤 소재로 쓰든 그 글 속에 쓰는 이의 철학이 그대로 드러나고, 삶까지도 스며든다. 글쓴이의 이름이 없더라도 글만 읽고 글쓴이를 알아맞힐 수 있을 정도다. 내게도 그런 일이 있었다.

몇 년 전, 어떤 책을 읽고 글 하나를 쓴 적이 있다. 보다 많은 사람들이 이 책을 읽었으면 해서 쓴 글이었다. 인터넷 서점과 블로그에 올린 글을 보고 책을 출간한 출판사에서 연락이 왔다. 내 글을 광고에 사용하고 싶다는 연락이었다. 나는 흔쾌히 허락했다. 당시 그 책은 작가와 출판사가 수익금을 전액 기부하는 책이었다. 내 글이 책을 판매하는 데 도움이 된다면 나 또한 글을 기꺼이 기부하겠다고 했다. 며칠 후, 두 개의 일간지에 내 글이 실렸다. 신문 한 페이지에 전면광고로 내 글이 실린 것이다. 그런데 출판사에서 내 이름을 '윤성희'가 아닌 '윤성화'로 표기하는 실수를 했다. 처음에는 어떻게 이런 실수를 할 수 있는지 당황했다. 다른 건 몰라도 글쓴이의 이름 정도는 확인하고 또 확인해야 하는 게 아닌가 싶었기 때문이다. 그러나 이미 신문은 발행되었고, 되돌릴 수 없는 일이었다. 그리고 어차피 기부한 글인데 이걸 따진들 무엇할까 싶어서 넘어갔다.

며칠 후, 한 후배에게 전화가 왔다. 몇 년 동안 연락이 닿지 않았던 후배는 그간의 안부와 함께 혹시 며칠 전 신문 광고에 실린 글이 내가 쓴 글인지 물었다. 깜짝 놀란 내가 이름도 틀리게 나갔는데 어떻게 알았느냐고 했더니 글이 딱 내 글이었단다. 오랫동안 연락을 하지 못해 서로의 근황을 알지는 못했어도 읽는 내내 '이건 윤성희의 글'이라고 느꼈다는 것이다. 그때 새삼 깨달았다. 글 속에는 쓰는 사람이 배인다는 것을. 누군가 글을 읽으면서 쓴 사람을 발견한다는 것을.

상추 싹을 솎아낸 자리에 마음을 심었다

나의 렌즈로 세상 보기

에세이에서 가장 중요한 것은 글감이다. 더 정확하게 말하면 '무엇을 어떻게 바라봤는가?'라는 시선이다. 글감이 소재에 국한된 것이 아니라, 소재를 어떻게 바라보고 해석했는가를 포함한다는 뜻이다. 눈에 보이는 것을 자신만의 렌즈를 통해서 어떻게 받아들였는가에 따라 글이 달라진다.

언젠가 '상추'에 관한 글을 쓴 적이 있다. 집 베란다 작은 화분에 상추 씨를 뿌렸는데, 하루가 지나도 이틀이 지나도 싹이 트지 않았다. 이제나 나올까 저제나 나올까 싶어 매일매일 화분을 들여다보았다. 그러다 여러 날이 지나서 싹이 텄는데, 작은 화분을 가득 메울 정도의 싹이 났다. 너무 좋았다. 이게 다 자라서 상추가 되면 얼마나 많은 상추

쌈을 먹을 수 있을까 기대가 됐기 때문이다. 그런데 옆에서 지켜보던 엄마가 싹을 솎아주어야 한다고 말했다. 상추가 자랄 자리를 만들어주어야 한다고. 그러면서 상추 싹을 듬성듬성 뽑아내셨다. 엄마와 함께 상추 싹을 솎으면서 관계 또한 솎아내는 일이 필요하다고 생각했다. 많은 사람을 아는 것이 중요한 게 아니라 서로를 성장시킬 수 있는 사람과의 만남이 중요하다고. 그러려면 내게 상처 주면서 성장을 막는 관계를 솎아내고 서로가 자랄 마음의 공간을 확보하는 것이 필요하다고.

싹을 솎으면서 내가 관계에 대해서 생각할 수 있었던 것은 이 무렵 내 관심사가 '관계'와 '성장'에 있었기 때문이다. 나를 시기하는 사람에게 상처받고 연연하기보다 나에게 진심을 다하는 사람과 더 깊은 관계를 맺는 것이 좋겠다고 생각했다.

신기하게도 내가 요즘 무슨 책을 읽고 있는지, 무슨 생각을 하고 있는지에 따라서 세상의 모든 것이 달라 보인다. 나의 무의식 속에 자리 잡은 것들이 렌즈가 되어 내게 오는 세상을 굴절시킨다. 그렇게 나만의 시선이, 생각이 탄생한다.

이런 게 무슨 글이 된다

10분이라도 쓰기

요즘 내가 무슨 생각을 하고 있는지를 살펴보면 내 관심사를 알 수 있다. 그런데 내가 요즘 무슨 생각을 하는지, 생각만 하면 생각이 잘 나지 않는다. 말장난 같지만 사실이 그렇다. 이럴 때는 글씨로 써서 확인을 해야 한다. 한때 뇌 구조 그리기가 유행한 적이 있다. 사람의 두상을 옆에서 보는 것처럼 그리고, 그 안에 동그라미를 그려 뇌 속에 어떤 생각들이 있는지 쓸 수 있도록 그린 그림이다. 가장 많이 생각하는 것은 가장 큰 동그라미에 쓰고, 조금 생각하는 것은 작은 동그라미에, 가끔 생각하는 것은 더 작거나 점으로 찍힌 것에 화살표를 덧대어 쓰는 식이다. 뇌 구조 그림을 그려보면 내가 요즘 무슨 생각을 하는지 한눈에 살펴볼 수 있다. 여기에서 내가 생각하고 있는 것들을 조금 더 세세하게 적어보고 싶다면 '10분 쓰기'를 하면 된다.

10분 쓰기는 노트를 펼쳐놓고 10분 동안 쓰고 싶은 모든 것을 쓰는 것이다. 이는 줄리아 캐머런Julia Cameron이 쓴 『아티스트 웨이』(경당, 2012)에서 착안한 것이다. 줄리아 캐머

런은 모든 사람은 예술가의 성향을 가지고 있다면서, 아침에 눈을 뜨자마자 30분씩 떠오르는 것들을 기록하라고 조언한다. 하지만 이 조언을 만났을 당시 나는 일어나자마자 글을 쓸 수 있는 상황이 아니었다. 아이가 아직 어렸기 때문이다. 그래서 혼자 조용히 노트를 펼칠 수 있는 시간이 오기를 기다렸다. 어떤 때는 새벽에 어떤 날은 대낮에 또 어떤 날은 한밤중에 노트를 펼쳐 적었다. 요즘 내가 하고 있는 생각들, 읽은 책에서 기억나는 것, 가족들이 나에게 한 말, 거래처와 나눈 이야기 등등 떠오르는 모든 말을 문장으로 적었다. 기승전결, 육하원칙, 삼론 같은 건 없었다. 그저 떠오르는 생각들을 문장으로 적고, 소재가 달라질 때는 문단을 띄었다. 이렇게 30분을 쓰고 나면 A4용지로 세 쪽이 채워졌다. 모닝페이지라고 부르는 '아침에 글쓰기'를 하면서 나는 다양한 아이디어를 얻었다. 머릿속에 단편으로 남아 있던 생각들이 글로 자라나 어떤 것은 에세이가 되고 어떤 것은 소설이 되었다. 해결하고 싶은 문제가 있을 때에도 그것에 대해 쓰고 또 쓰면서 해결책을 찾기도 했다. 어떤 날은 한 시간 이상 노트에 생각을 쏟아부었다. 그러고 나면 생각이 끝도 없이 확장되었고, 확장된 생각 속에서 또 새로운 아이디어를 얻었다.

하루에 30분을 내는 것이 어렵다면, 일단 10분이라도 시간을 내보자. 하루에 딱 10분만이라도 노트를 펼치고 떠오르는 생각들을 문장으로 적는 것이다. 거창한 게 아닐수록 좋다. 아주 소소하고 작은 것들, 이런 게 무슨 글이 될까 싶은 평범한 생각부터 시작하자. 의식의 흐름대로, 구성이니 문체니 이런 것도 신경 쓰지 말고, 그저 떠오르는 것들을 적기만 하면 된다.

작은 생각이 자라고 자라서 한 편의 글이 되는 놀라운 순간은 '반복의 힘'에서 나온다. 날마다 10분 쓰기를 하다 보면 반복되는 생각이나 주제가 보인다. 그것은 내가 가장 많이 생각하는 것일 확률이 높다. 그러면 어떤 날은 그 주제 하나만 놓고 깊이 생각해보는 연습을 한다. 예를 들어 내 글에 '편지'라는 단어가 많이 보인다면 그 소재를 중심으로 놓고 생각하는 것이다. 편지는 내게 무엇인지, 나는 언제부터 편지를 썼고, 가장 기억에 남는 편지는 무엇인지, 내가 알고 있는 유명한 편지는 무엇인지 등 편지에 대한 생각을 확장해가는 것이다. 생각을 다 펼치고 나면 거기에 쓴 문장들만 엮어도 한 편의 에세이가 된다. 물론 글을 구성하고 거기에 맞춰 문장을 배치하고 수정하는 과정을 거쳐야 겠지만, 생각을 집중적으로 적어놓기만 해도 글 한 편을 쓸 수 있다. (글을 구성하는 방법은 5장에 소개되어 있다.)

둘만의 기록이 타인에게 위로가 될 때

작가들의 편지를 읽는 기쁨

사실 '편지로 에세이를 쓴다'는 말에는 어폐가 있다. 편지가 에세이의 한 종류이기 때문이다. 그러니 편지를 쓰는 것만으로도 에세이를 쓰는 것인데, 이렇게 에세이를 따로 이야기하는 이유는 작가들이 주고받은 편지를 소개하고 싶었기 때문이다. 단순히 서로의 안부를 전하는 용도의 편지가 아니라, 서로의 삶과 철학을 공유하는 편지를 말이다.

시인 나희덕과 장석남은 겨울부터 여름까지, 세 계절 동안 편지를 나눈다. 인터넷을 통해 강원도 인제에서 쓴 편지가 전라도 광주로, 다시 광주에서 쓴 편지가 인제로 건너간다. 첫 편지는 장석남의 것으로 시작된다. 그는 실로 오랜만에 편지를 쓴다며 편지에 대한 기억을 꺼내놓는다. 형이 편지를 부치라고 심부름을 시키며, 봉투에 우표를 붙일 때 네모반듯하게 붙이지 말고 꼭 삐뚜름하게 붙이라고, 우표 붙일 자리를 그려주었다는 얘기였다. 장석남은 어쩌면 '자신이 보내는 사사로운 이야기도 조금은 삐뚜름할 것'이라고, '그 점이 시를 공부하는 자의 타고난 운명이라고 생각'한다고 고백한다. 그러면서 외로움에 대해, 연암이 발견한 울기 좋은 장소인 '호곡장'에 대해, 자신이 살고 있는 인제의 계절에 대해 이야기한다. 장석남의 편지를 받은 나희덕은 몇 해 전 인제에 있는 만해마을에 방을 얻어 지낸 적이 있다며 인제에 관한 추억을 꺼낸다. 그리고 호곡장 애기를 들으니 언젠가 한 어른이 정기적으로 통곡하라는 처방을 내렸던 기억이 났다며, '집을 떠나 낯선 방을 찾아 나서는 이유는 자신이 살아온 날들을 들여다보며 마음껏 울 수 있는 공간이 필요해서인지도 모르겠다'고 답한다.

두 사람의 편지는 배턴처럼 이어지는 생각들로 채워진다. 한 사람이 자신이 보고 듣고 느낀 것을 쓰면 다음 사람이 그 편지를 읽고 발견한 생각들을 이어간다. 두 시인에게 온 풍경들은 이들만의 해석으로 아름다운 문장이 된다.

문득 사나흘 전 산책길에서 만난 기러기 떼가 생각납니다. 참으로 오랜만에 만나는 대규모의 안항雁行 풍경이었습니다. 사오십 마리는 족히 넘을 듯한 무리가 삼각 편대로 까마득한 동천冬天을 날아가는 풍경은 참으로 장관이었습니다. 그리고 경건했습니다. 저도 모르게 그 자리에 멈춰 서서 감탄사처럼 앞서 걷던 작가 K를 불러 세웠더니 그자도 그만 그 자리에 얼어붙듯 섰습니다. 그리고 그 앞을 걷던 J와 O를 불러 손가락 하나를 펴서 하늘을 가리켰습니다. 모두 말없이 기러기 떼가 북쪽 하늘 속으로 지워질 때까지 지켜보았습니다. 쉬 잊히지 않을 풍경이었습니다. 그 풍경 하나로도 이번 강원도의 겨우살이는 대성공입니다.

그때 잠깐 이런 생각을 했습니다. 저렇게 기러기 떼가 가면 겨울은 가는 것이지. 저는 동시에 우리들의 안항을 생각했던 듯싶습니다. 비슷한 행로를 걷는 도반들 말입니다. 저는 그 무리의 맨 뒤쪽에서 겨우겨우 쫓아가고 있겠지요. 생각만으로도 속된 마음이 조금 맑아진 듯했습니다.

—『더 레터』 중 「안항雁行 뒤에서」, 나희덕 · 장석남, 좋은생각.

계절이 바뀌어 새로운 곳으로 떠나는 기러기의 행렬을 보고 장석남은 생각한다. '기러기 떼가 가면 겨울은 가는 것'이라고. 그리고 비슷한 행로로 함께 걷고 있는 도반들을 떠올린다. 장석남의 편지를 받은 나희덕은 이렇게 대답한다.

> 얼마 전 산책길에서 보았다는 기러기 떼가 고단한 날갯짓을 멈추지 않는 까닭은 그들에게 돌아갈 고향이 있어서일 것입니다. 명절 때마다 줄을 잇는 귀성 차량들도 인간 기러기 떼인 셈이지요. 작가들 몇이서 발걸음을 멈추고 말없이 서서 기러기 떼를 바라보았을 그 장면이 기러기 떼가 날아가는 풍경 못지않게 아름답군요. 자연의 아름다움 앞에서 침묵만 한 예의가 또 있을까요. 저도 기러기 떼를 오랫동안 바라본 적이 있어서 그것이 얼마나 숨막히게 서늘하고 장엄한 풍경인지 잘 압니다.
>
> 제가 기러기 떼를 만난 것은 철원 벌판에서였습니다. 기러기 떼가 낮게 날아서인지 제 눈과 마음이 기러기 가까이 다가갔기 때문인지 알 수는 없지만, 제게는 그 광경이 왠지 원경遠景이 아니라 근경近景으로 남아 있습니다. 기러

기들이 날개를 파닥이는 소리까지 선명하게 들릴 만큼 아주 가까이 말이죠. 지금 생각해보면 그 소리는 새들의 날갯소리가 아니라 서글픈 제 마음이 삐걱거리며 빚어낸 소리였는지도 모르겠습니다. 하여튼 그때 제 귀에는 기러기 떼의 날갯소리가 끊임없이 밀려오는 파도 소리로, 낡은 노 젓는 소리로, 허공을 파내는 삽질 소리로, 가난한 밥상에서 젓가락들이 맞부딪는 소리로 변주되어 들렸습니다.

—『더 레터』 중 「날갯소리」, 나희덕 · 장석남, 좋은생각.

두 사람이 주고받은 편지는 서른 통이지만 편지에서 파생되는 생각은 숫자로 헤아릴 수가 없다. 나희덕은 마지막 편지에 함께 시를 쓰는 사람으로서, 같은 시대를 살아가는 친구로서 서로의 생각에 공감하고 위로를 받았다고 했지만, 이것은 비단 두 사람만의 것이 아니었다. 나 또한 두 시인의 편지를 읽으면서 많은 위로를 받았기 때문이다. 우리가 작가들이 주고받은 편지를 읽는 이유이기도 하다.

만약 서간체로 에세이를 쓰고 싶다면, 눈에 들어온 풍경 하나를 나만의 생각으로 바꾸고 싶다면, 내게 온 생각을 아름다운 문장으로 옮겨보고 싶다면 작가들의 일상이 담긴 편지를 읽어보길 권한다. (187쪽 '추신1' 참조)

3부

편지로 글 쓰는 사람의 자세

12

지나치게 몰두하지 말 것

완성했다는 뿌듯함 대신 고치는 기쁨

다시 읽기

글 한 편을 쓴 뒤 반드시 거쳐야 하는 과정이 있다. 바로 퇴고다. 그러나 의외로 많은 사람들이 다시 읽고 고치는 과정을 거치지 않는다. 이런 사실을 글쓰기 강의에서 자주 확인한다. 나는 강의를 할 때 참여자들에게 글을 직접 쓸 수 있는 시간을 주고, 그 안에 완성하지 못한 글은 다음 시간까지 써 오라고 한다. 다음 시간에 써 온 글들은 함께 돌려 읽는데, 이때 글쓴이가 퇴고를 거쳤는지 거치지 않았는지가 여실히 드러난다. 정말 많은 사람들이 퇴고를 하지 않고 첫 문장부터 끝 문장까지 한 번에 쓴 글을 가지고 온다. 거의 대부분이라고 해도 과언이 아니다. 글 한 편을 완성했다는 기쁨이, 퇴고를 해야겠다는 마음을 이긴 결과다.

문장을 만들고 단락을 잇고 결론을 내리는 과정을 통해 글 한 편을 완성했다면, 반드시 다시 읽어봐야 한다. 글을 읽다가 이상한 부분을 독자가 발견하는 것보다 내가 발견하고 고치는 것이 훨씬 낫기 때문이다. 작가가 얼마만큼 읽고 고치는 과정을 반복했느냐에 따라 글의 질이 달라진다는 것을 기억할 필요가 있다.

나는 글을 완성한 후에 처음부터 끝까지 소리 내어 읽어본다. 혹시라도 독자들이 내 글을 읽을 때 걸리는 부분이 없는지 확인하기 위함이다. 글을 소리 내어 읽으면 가독성이 떨어지는 부분을 찾아낼 수 있다. 어딘가 부자연스럽다면 문장이 이상한 것이다. 주어와 서술어가 맞지 않는다든가, 문장에 어울리지 않는 단어를 썼다든가, 만연체로 길게 늘여서 썼을 수 있다. 그런 문장이 발견되면 다시 한 번 읽어보고 수정한다. 운이 좋으면 단어나 문장 하나만 수정하면 되지만, 때때로 문단을 통째로 수정해야 하는 상황이 생기기도 한다. 이럴 때는 이런 글을 쓴 사람도 나라는 사실을 상기하고 받아들이면 된다. '어떻게 쓴 글인데 이걸 또 고쳐?'라는 마음을 가지면 이보다 더 좋은 문장을 쓸 수 없다. 지금에서 한 발 더 나가려면, 어제 쓴 글보다 조금 더 좋은 글을 쓰려면, 아무리 많은 시간과 마음을 들여 쓴 글이라도 '수정'이라는 단어에 관대해야 한다. 언제든 고칠 수 있는 너른 마음을 가진 사람만이 발전할 수 있다. 다시 읽고 고치고, 다시 읽고 고치고를 반복하면서 더 이상 고칠 곳을 발견하지 못했을 때, 그때 '완성!'이라고 외치자.

자기 연민과 자기 몰입

버리기와 거리 두기

다시 읽기를 할 때 떠올려야 할 두 가지가 있다. '버리기'와 '거리 두기'다. 버리기는 내 글에 붙은 군더더기를 찾아 떼어내는 것이고, 거리 두기는 글이 자기 연민에 빠져 있지 않은지 살피는 것이다. 이 두 가지만 잘해도 독자들에게 사랑받는 작가가 될 수 있다. 먼저 버리기에 대해 이야기해보자.

글 쓰는 사람을 두 부류로 나눈다면 아마도 '많이 생략하는 사람'과 '많이 쓰는 사람'으로 나눌 수 있을 것이다. 많이 생략하는 사람은 뭐라고 써야 할지 몰라서 혹은 내가 다 알고 있는 것을 굳이 다 써야 하나 싶어서 대략적으로 적는다. 이런 글은 독자가 글쓴이의 의도를 곡해하거나 제대로 인지하지 못해 자칫하면 불친절한 글이 되기 쉽다. 반면 많이 쓰는 사람은 내가 알고 있는 것과 남들이 알고 있는 것까지 총동원해서 넘치도록 쓴다. 일단 초고를 쓸 때는 생략하는 것보다 많이 적는 것이 좋다. 음식을 만들 때 재료가 풍족한 것이 부족한 것보다 나은 이치와 같다. 재료가 많으면 다 펼쳐놓은 후에 어떤 것을 사용할지 고르면 된다. 글도 마찬가지다. 일단 문장으로 다 펼쳐놓은 후에 소리 내어 읽으면서 사용할 것과 사용하지 않을 것을 선택하면 된다.

그럼 어떤 것을 살리고 어떤 것을 버려야 할까? 먼저 글을 수정하기에 앞서 내가 쓰고 있는 글의 콘셉트가 무엇인지 확인하자. 어떤 것이 중심 내용인지 확실하게 인지한 후에 글을 읽으면 군더더기가 보인다. 제목도 확인하고 중심 내용도 확인했음에도 불구하고 덜어내야 할 것이 잘 보이지 않는다면, 같은 내용을 반복해서 말하고 있거나 하나의 이야기를 너무 길게 부연해서 설명하고 있는 것을 찾아내 지운다. 이때 주의할 것은 문장을 덜어낸 후 앞뒤 문장이나 단락이 이어지고 있는지 살피는 것이다. 군더더기 같아서 지워버렸는데 다시 읽어보니 뒷부분과 연결되지 않고 툭 끊어진 느낌이 든다면, 그 부분은 수정해야 한다. 글이 자연스럽게 흘러갈 수 있도록 연결고리가 될 만한 문장을 추가하면 된다.

또 하나의 방법은 글 전체에 여러 번 사용하고 있는 단어나 문장이 있는지 살피는 것이다. 한 편의 글에 같은 단어와 문장이 여러 번 등장하면 글이 지루해진다. 자동차에 관해 쓴다고 이 단어만 사용할 필요는 없다. 상황에 따라서 승용차, 승합자동차, 화물차 등의 단어로 바꿀 수 있다. 스파크, 토레스, K5 등 모델명을 사용할 수도 있다. 문장도 마찬가지다. 예를 들어 버킷 리스트에 관한 글을 쓴다고 할 때 '하고 싶다'라는 문장이 계속 반복된다면 '이루고 싶다', '달성하고 싶다', '만들고 싶다', '해내고 싶다' 등 같은 의미를 가진 다른 문장으로 바꿔보자. 반복되는 문장만 고쳐도 글이 풍성해짐을 느낄 것이다.

버릴 것들을 찾아 깔끔하게 버리고, 중복되는 단어나 문장도 다른 것들로 적었다면 일단 성공이다. 그러면 이제 매의 눈으로 한 번 더 살펴봐야 할 것이 남았다. 글에서 거리 두기가 되고 있는지 살피는 것이다. 내 글이 자기 연민이나 자기애 혹은 강력한 자기주장으로 채워져 있지 않은지 살펴보자는 뜻이다. 우리가 글을 쓰는 이유는 혼자만의 만족을 위해서가 아니라 다른 사람과 소통하기 위해서다. 그러려면 내가 하는 이야기가 제대로 전달되어야 하는데, '나'라는 세계에 지나치게 빠져 있으면 독자와 소통하기 힘들다. 글을 쓰되 늘 읽는 사람을 생각하면서 그와 소통하고 있는지 살펴봐야 한다. 나라는 틀에 갇혀 글을 쓰고 있는 것은 아닌지, 처음부터 끝까지 나만 강조하고 있는 것은 아닌지 점검해보자.

13

답장을 기다린다고 손놓지 않을 것

썼으면 보여줄 공간이 필요하다

플랫폼과 친해지기

내 기억 속 첫 책상은 방바닥에 앉아서 사용한 책상이다. 언니와 함께 써야 했는데 나는 그 책상이 너무 좋았다. 매번 방바닥에 엎어져서 혹은 큰 밥상을 펼쳐놓고 숙제를 하다가 책상이 생겨 너무 좋았던 것이다. 책상에 앉아 글을 쓴다는 것은 무척 매력적인 일이었다. 나는 거기에서 숙제를 하고 책을 읽고 친구들에게 보낼 편지를 쓰고 밤이면 작은 스탠드를 켜놓고 일기를 쓰곤 했다. 몇 년 후, 의자에 앉아서 사용할 수 있는 진짜 책상이 생겼고, 세월이 흐르면서 조금씩 더 좋은 책상을 갖게 되었다. 그러다 결혼을 하고 나서야 나만의 서재를 가질 수 있었다. 내가 좋아하는 책이 빼곡한 책장과 나 혼자 쓸 수 있는 커다란 책상은 내가 쓰는 사람임을 자각하게 해주었다. 서재에 들어서면 마음이 먼저 쓰는 사람이 되는 것 같았다.

쓰는 사람에게 집필할 수 있는 공간은 무척 중요하다. 언제든 읽고 쓸 수 있는 공간이 있어야 쓰고 싶은 마음이 들 때 바로 실행할 수 있기 때문이다. '글을 써야겠다'는 마음은 '다음'에게 양보하기를 좋아한다. 꼭 이번이 아니어도 된다고 말이다. 덕분에 우리는 쓸 기회를 놓치고 그렇게 글과 멀어진다. 글쓰기 공간, 서재가 필요한 이유는 쓰고자 하는 마음을 붙들어놓을 공간이 필요하기 때문이다.

인터넷에서 '작가의 서재'를 검색하면 어마어마한 공간들이 나온다. 수많은 책이 꽂힌 책장과 커다란 책상, 그 위에 놓인 노트북이 글을 쓰려면 이 정도의 공간은 있어야 한다고 말하는 것 같다. 그러나 글을 써본 사람들은 안다. 방 안에 펼쳐놓은 작은 밥상 위에서도, 식기들이 물러난 식탁 위에서도, 수많은 사람들이 떠드는 카페 안에서도 글을 쓸 수 있다는 것을. 중요한 것은 여기는 글을 쓰는 공간이라는 것을 내 마음에게 인식시키는 것이다. 원한다면 언제 어디서든 쓸 수 있는 모드가 될 수 있도록. 집에서 쓰는 게 편하다면 집 안 한 곳을 글 쓸 공간으로 정하고, 도서관이나 스터디카페가 편하다면 회원증이나 정기권을 끊어서 정기적으로 쓰러 가면 된다. 꼭 거창한 서재일 필요는 없다. 쓰고 싶은 마음이 달아나지 않도록 바로 실행할 수 있다면 어디든 좋다.

쓸 공간을 확보했다면 이제 글을 발표할 공간도 확보해야 한다. 내가 아무리 글을 써도 어딘가에 발표하지 않으면 아무도 내가 글을 쓰고 있다는 사실을 모른다. 내가 할 수 있는 선에서 내 글을 알리는 것도 작가가 해야 할 일이다. 이럴 때 가장 쉽게 공간을 마련할 수 있는 곳이 온라인 플랫폼이다. 블로그도 좋고 SNS도 좋고 브런치스토리도 좋다. 이 중 블로그와 SNS는 계정만 만들면 되지만, 브런치스토리는 내가 어떤 글을 쓰는 사람인지 혹은 앞으로 어떤 글을 쓰려고 하는지 상세하게 적어서 제출해야 심사 후 공간을 개설해준다. 혹시 자주 이용하는 인터넷 서점이 있다면 그곳에 마련된 리뷰 공간을 활용해도 좋겠다. 중요한 것은 어디든 꾸준하게 글을 써서 다른 이들에게 보여줄 수 있는 공간을 확보하는 것이다.

언제든 내놓을 수 있는 내 것

자체 마감일 부여하기

나는 글을 쓰면서 여러 플랫폼을 이용했다. 가장 먼저 다음 사이트에서 운영하던 '칼럼'에 글을 썼고, 이후 네이버 블로그에 글을 올렸다. 그러다 브런치스토리에 정착했다. 편지에 관한 글만 모아보기 위해 만든 공간이었다. 나보다 먼저 세상에 왔던 사람들이 남긴 편지를 읽고, 그들에게 답장을 써서 그곳에 올렸다. 그러다 다산 정약용의 편지에 빠져 그가 남긴 편지를 새로운 시선으로 읽고 나의 해석으로 소개하는 글을 썼다. 그의 편지가 내 삶과 어떻게 맞닿아 있는지 조곤조곤 이야기를 남겼다. 아무도 나에게 글을 쓰라고 시키지 않았지만, 나는 혼자서 목차를 정하고 챕터마다 마감일을 정해놓고 일주일에 한 편씩 완성해 브런치스토리에 올렸다. 언젠가 이 글이 책 한 권 분량이 되면 책으로 내고 싶다는 희망을 가졌다. 당장 계약하자는 출판사는 없었지만 '언젠가'를 꿈꾸며 일주일에 한 편씩 글을 썼고, 어느덧 서른 개가 넘는 꼭지를 완성했다. 이후 한 출판사와 인연이 닿아 그동안 썼던 글을 다듬어 출간했다. 그 책이 앞에서 소개한 『다산의 철학』(포르체, 2021)이다.

『다산의 철학』을 출간하고 몇 달 후, 브런치스토리를 통해서 출간 제안 메일을 받았다. 당시 내 브런치스토리에는 정약용의 편지 말고도 편지에 관한 다른 글들이 꽤 있었다. 내가 편지책을 읽고 쓴 답장도 있었고, 소설 등을 읽고 서간체로 쓴 리뷰들도 있었다. 그리고 세상에 잘 알려지지 않은 편지를 소개하는 글도 있었다. 한 출판사에서 그 글들을 보고 출간 제안을 한 것이다. 출판사는 나와 '역사 속 편지'에 관한 책을 내고 싶다고 했다. 그러나 정약용의 편지를 연구하느라 많은 힘을 썼던 나는 조금 쉬고 싶었다. 그래서 정중하게 출간 제안을 거절했지만 담당자가 나에게 손편지를 보내왔고, 나는 그에게 반해 다른 작품을 함께하기로 약속했다.

이렇듯 내가 출판사의 첫 제안과 다른 주제의 글을 쓸 수 있었던 것은 내 컴퓨터 폴더에 많은 작품들이 있었기 때문이다. 나는 시간이 날 때마다 책으로 내고 싶은 아이템을 정리한다. 브런치스토리에 올리는 경우도 있지만 폴더 안에 저장하는 경우도 많다. 지금 당장 작품이 되지 않는다 해도 언젠가 될 수 있다는 마음으로 차곡차곡 쌓아놓은 것들이다. 나는 출판사와 새로운 작품을 내기 위해 '청소년' 폴더를 열었고, 그 안에 저장해둔 글을 바탕으로 『목요일의 작가들』(궁리, 2023)을 썼다.

아무도 내가 글을 쓴다는 사실을 알아주지 않아도, 스스로 마감일을 정하고 꾸준하게 글을 쓰면 기회가 왔을 때 잡을 수 있다. 많은 사람들이 책을 내고 싶어 하지만 책을 낼 만한 글을 가지고 있지 않을 때가 많다. 기회가 오지 않는다는 것은 내게 기회로 만들 무기가 없다는 뜻이기도 하다. 언제든 내 것을 내놓을 수 있으면 기회는 온다. 계속해서 내 콘텐츠를 만들어 글을 쓰는 사람은 반드시 '작가'라는 이름을 갖게 된다. 그러니 포기하지 말고 될 때까지, 내 이름 옆에 작가라는 타이틀이 붙는 그날까지 꾸준하게 써보자.

14

수집하기를 멈추지 않을 것

떠나지 않고도 떠난 것처럼

여행자의 눈 가지기

내가 원하는 순간까지 쓰는 사람으로 살기 위해서는 계속해서 써야 한다. 써달라는 사람이 없어도, 쓰라고 시키는 사람이 없어도, 하고 싶은 이야기를 만들고 그 이야기를 글로 써야 한다. 그러나 우리는 때때로 뭘 써야 할지 고민에 빠진다. 글은 쓰고 싶은데 쓰고 싶은 이야기가 없어 방황한다. 그래서 글감을 찾겠다고 훌쩍 떠난다. 낯선 곳에서 만난 신선한 생각과 깨달음은 새로운 글로 탄생한다. 그러나 매번 글감을 찾겠다고 여행을 떠날 수는 없다. 직장을 다니는 사람은 시간을 내기가 어렵고, 글을 쓰려고 직장을 그만둔 사람은 여행 경비를 마련하기가 어렵다. 그래서 글감을 찾기 위해 더 낯설고 더 먼 곳으로 떠나는 것이 불가능할 때가 많다. 여행이 아니어도 글감을 찾을 방법을 강구해야 하는 이유가 여기에 있다.

쓰는 사람은 먼 곳으로 떠나지 않아도 지금 여기에서 '여행자의 시선'으로 세상을 바라보는 법을 익혀야 한다. 너무나 당연하게 펼쳐져 있는 모든 것을 낯설게 바라보는 좋은 시력을 가져야 한다는 의미다. 여기서 말하는 좋은 시력은 안경이 필요 없는 1.0 이상의 시력이 아니다. 글감을 발견하는 특별한 눈이다.

언젠가 딸과 함께 집 앞 골목을 걷다 길가에 떨어진 자전거 바구니를 발견했다. 어디서나 흔하게 볼 수 있는 바구니였다. 그냥 지나칠 수도 있었지만, 나는 그 앞으로 가서 바구니를 자세히 살펴보았다. 바구니는 난간에 묶인 채 자물쇠가 채워져 있었고, 그 안에는 민들레가 있었다. 활짝 핀 민들레가 바구니에 갇힌 형국이었다. 불현듯 '민들레 감옥'이라는 제목이 떠올랐다. 나는 딸에게 말했다. "누가 민들레를 이렇게 가둬놨는지 모르겠네. 민들레 감옥 같지 않아?" 그랬더니 딸이 말했다. "엄마, 누가 민들레를 가둬둔 게 아니라 저 안에서 민들레가 피어난 거야." 사람의 생각이 이렇게 달랐다. 내게는 '감옥에 갇힌 민들레'가 딸에게는 '그럼에도 불구하고 피어난 꽃'으로 보였다. 같은 장면을 바라봐도 보는 시선에 따라서 다른 이름이 붙는다는 것을 새삼 깨달았다.

이 깨달음은 내가 자전거 바구니를 발견하고 멈추어서서 바라봤기 때문에 가능했다. 내가 만약 바구니가 있는 걸 아무렇지도 않게 생각했다면, 아니 바구니를 발견하지 못했다면 깨닫지 못했을 것이다. 글감을 발견하는 좋은 시력은 세상을 향해 끊임없이 호기심을 가지고 들여다보는 것이다. 남들이 아무렇지 않게 지나쳐 갈 때 걸음을 멈출 용기를 갖는 것, 이것이 좋은 시력을 갖는 비법이다. 더불어 전시회에 가서 작품을 보거나 영화를 보면서 등장인물이 되는 상상을 하는 것도 좋다. 낯선 동네로 가는 버스를 타고 익숙하지 않은 풍경을 바라보는 것도, 처음 가보는 동네를 어슬렁거리며 탐색해보는 것도 시력을 키우는 방법이다. 세상을 다르게 보겠다는 마음만 먹으면 어디에서든 글감을 찾는 좋은 시력을 가질 수 있다.

글감은 집 안에서도 얼마든지 찾을 수 있다. 책을 읽으면서 내 생각을 보태거나 주변에 있는 사물을 찬찬히 바라보며 말을 걸 수도 있다. 특히 사물이 나를 바라볼 때 무슨 생각을 하는지 상상해보는 것은 좋은 글감이 된다. 내 가방 안에 들어 있는 물건이 가진 사연들을 떠올려보고, 그들과 만나게 된 경위를 생각하고, 그들이 내게 주는 의미를 적어보는 것도 좋겠다. 중요한 것은 언제나 여행자의 시선으로 세상을 바라보려고 노력하는 것이다. 나를 둘러싼 모든 것들을 당연하게 생각하지 않고 마치 처음 보는 것처럼 새롭게 보면서 삶을 수집하는 것, 이것이 쓰는 삶을 지속 가능하게 만든다.

글감도 때를 만나야 한다

숙성 노트 만들기

새로운 것을 발견했을 때 그것을 바로 글로 쓸 수 있다면 얼마나 좋을까? 그러나 안타깝게도 발견이 곧장 글이 되는 경우는 드물다. 날것의 글감이 한 편의 글이 되려면 숙성하는 시간이 필요하다. 어느 정도 시간을 주어 처음 발견한 생각이 무르익도록 해야 한다. 생각을 방치한 채 시간만 흘려보내는 것은 숙성이 아니다. 생각에 생각을 더하고, 글감을 다른 방향에서 다시 바라보고, 관련된 정보들을 수집하고 생각을 키우는 것이 숙성이다.

나에게는 생각을 키우는 숙성 노트가 있다. 어떤 것에 관심이 생기거나 글감을 확장하고 싶은 게 생길 때마다 노트를 만들어 이름표를 붙여준다. 그렇게 '편지 영화', '소설의 집', '정조', '편지 소설 리뷰', '한국천주교회사', '목포' 등 다양한 이름표가 붙은 노트가 생겼다. '편지 영화'는 편지가 등장하는 영화를 보고 내용과 감상을 정리하는 노트다. '소설의 집'은 언젠가 소설로 쓰고 싶은 글감들을 적는 것이고, '정조'는 정약용 편지를 공부하며 관심이 생긴 정조에 대해 써놓는 노트다. '편지 소설 리뷰'에는 서간체 소설의 목록을 적어놓고 책을 읽을 때마다 감상을 적는다. '한국천주교회사'는 교회의 편지들을 공부하기 위해 마련한 노트고, '목포'는 2009년 취재차 목포에 갔을 때 내게 온 글감을 적어둔 후에 관련 자료를 보태고 있는 노트다. 이렇게 쓰고 싶은 글감이 생길 때마다 관련 노트에 적고 숙성을 시킨다. 그러다 보면 단편적으로 생각했던 것들이 더 넓어지고 깊어진다. 『다산의 철학』도 『목요일의 작가들』도 숙성의 시간을 거쳐 탄생했다.

날것의 아이디어가 빠르게 글이 되지 않는다고 걱정하지 말자. 모든 것에는 때가 있다는 것을 믿고, 때를 기다리며 숙성시키는 시간을 갖자. 글감을 수집하고 숙성하고 꾸준히 쓰는 것, 이것이 쓰는 사람이 가져야 할 최소한의 마음이자 모든 것이다.

◦ 나오며 ◦

다시 글쓰기를 시작하는 당신에게

내 안에는 '언젠가'라는 폴더가 있다. 언젠가 한 번 도전해 보고 싶은 글이 담긴 공간이다. 숙성 노트에 적히기 전에, 컴퓨터 안에 진짜 폴더가 만들어지기 전에 마음속에 먼저 만들어진다. 이 안에는 소설도 있고 영화 시나리오도 있고 드라마 대본도 있다. 언젠가 꼭 쓰겠다는 야심 찬 로망이 들어 있다. 그동안 내가 써온 수많은 글들이 '언젠가' 폴더 안에서 시작됐다.

『편지로 글쓰기』를 읽고, 누군가 '언젠가' 폴더를 만들지도 모르겠다. 어쩌면 폴더에 있던 것을 숙성 노트에 적는 사람이 생길지도 모르고, 어쩌면 컴퓨터 안에 진짜 폴더를 만들어 글을 쓰기 시작하는 사람이 생길지도 모르겠다. 그렇다면 더 바랄 것이 없겠다. 중요한 건 '쓰는 것'이니까.

글쓰기 강의를 할 때마다 '10분 쓰기'의 중요성을 설파한다. 하루에 10분이라도 시간을 내어 글을 써보라고, 머릿속에 있는 것들을 문장으로 그대로 옮기기만 하면 된다고 말이다. 그리고 10분 쓰기를 1년 동안 꾸준히 했는데도 불구하고 글을 쓰지 못하겠다면 연락하라고 말한다. 일대일 레슨을 해주겠다고. 그동안 글쓰기 강의를 10년 이상 했는데 아무도 나에게 연락을 하지 않았다. 모두가 이 훈련으로 글쓰기에 성공을 했기 때문일까? 그랬다면 정말 기쁘겠지만, 아마도 아무도 1년 동안 날마다 10분 쓰기를 하지 않았을 것이다. 그만큼 날마다 무언가를 쓰는 것은 쉬운 일이 아니다.

본문에도 언급했지만 글쓰기 책을 수십 권, 수백 권 읽는다고 해도 내가 직접 쓰지 않으면 소용이 없다. 그러니 이 책을 읽은 독자들은 이제 진짜 쓰기 시작하기를 바란다. 일기도 좋고, 책이나 영화에 대한 리뷰도 좋다. 언젠가의 여행을 떠올리며 기행문을 써봐도 좋겠다. 만약 편지로 글을 쓰기로 마음먹었는데 누구에게 써야 할지 모르겠다면,

내가 당신의 수신인이 되어주겠다. 도무지 편지를 쓸 대상이 없다면 말이다. 이 책을 읽은 소감도 좋고, 이 책을 활용해서 쓴 어떤 글이라도 좋다. 나를 수신인으로 해서 인터넷 사이트에 올려도 좋고, 손으로 눌러쓴 글을 출판사로 보내주어도 좋다. 혹시 아는가? 당신 앞으로 답장 한 통이 도착할지. (그러나 13장에 말한 것처럼 답장을 기다린다고 손을 놓아서는 안 된다. 답장이 없어도 쓰기를 멈추지 말라는 당부다.)

나는 글을 쓰는 모든 사람은 작가라고 생각한다. 누구나 글을 쓸 수 있고 마음을 전할 수 있다. 그러니 내로라하는 사람들 앞에서 기죽지 말고, "네가 무슨 작가냐?"고 비아냥거리는 세상에 주눅 들지 말고 쓰고 또 쓰기를 바란다. 쓰는 사람만이 잡가가, 아니 작가가 될 수 있다. 작가는 세상이나 출판사가 만들어주는 것이 아니다. 내가 쓸 때, 비로소 작가가 되는 것이다. 그러니 지금 당장 쓰기를 시작하자. 여러분의 쓰기를 진심으로 응원한다.

2024년 4월

당신과 동료가 되고 싶은 윤성희 드림

편지로 쓰인 책

『D에게 보낸 편지』 앙드레 고르스 | 임희근 옮김 | 학고재 | 2007년

사르트르가 '유럽의 가장 날카로운 지성'이라고 말했던 앙드레 고르스가 아내와 함께 세상을 떠나기 1년 전, 3개월 동안 쓴 편지다. 편지의 수신인은 아내 도린으로, 두 사람의 만남부터 죽음 전까지 함께해온 삶의 여정이 솔직하고 담백하게 담겨 있다. 진정한 사랑, 혹은 글 쓰는 사람을 응원하고 지지하는 것에 대한 의미, 삶과 죽음을 받아들이는 자세에 대해서 생각해볼 수 있다. 자신의 삶 전체를 톺아보고 싶은 사람들에게 추천한다.

『우리들의 파리가 생각나요』 정현주 | 예경 | 2015년

라디오 작가 정현주가 쓴 에세이다. 그는 화가 김환기가 아내 김향안에게 보낸 그림편지에 반해 두 사람의 발자취를 따라 파리로 향한다. 책에는 두 사람의 편지와 정현주의 글이 담겨 있는데, 삶과 예술, 그리고 사랑에 대해 음미해볼 수 있다. 편지를 활용해 다정한 에세이를 쓰는 법을 배우고 싶은 이들이 읽으면 좋겠다.

『깃털』 클로드 앙스가리 | 배지선 옮김 | 책공장더불어 | 2015년

8년 동안 함께 살아온 고양이가 세상을 떠나 상실감에 젖어 있던 저자는 2년 후 펜을 들어 떠난 고양이에게 편지를 쓴다. 그러면서 영원한 이별이 건넨 고통과 상실을 극복해나간다. 사랑하는 반려동물의 죽음과 슬픔에 대해서, 그리고 그와 함께 영원히 사는 방법에 대해서 깨닫게 한다. 부치지 못할 편지를 쓰려는 이들에게, 상실의 고통을 덜어내려고 애쓰는 이들에게 추천하고 싶은 책이다.

『아주 사적인, 긴 만남』 마종기·루시드 폴 | 문학동네 | 2014년

시인 마종기와 뮤지션 루시드 폴이 주고받은 편지다. 평생을 타국에서 살아온 의사 시인과 수년 동안 스위스의 연구실에서 생활하던 화학자 뮤지션이 고국의 언어로 자신들의 삶과 철학을 풀어낸다. 다른 세대를 살아온 두 사람의 역사와 삶을 대하는 자세, 문화 예술에 대한 생각들을 엿볼 수 있다. 편지로 다양한 생각을 표현해보고 싶은 이들에게 추천한다.

『나의 린드그렌 선생님』 유은실 | 권사우 그림 | 창비 | 2013년

동화작가 유은실이 쓴 창작동화다. '비읍'이라는 아이가 '삐삐'를 만나면서 성장하는 이야기를 담았다. 비읍이는 『삐삐 롱스타킹』을 읽고 이 책을 쓴 아스트리드 린드그렌에게 편지를 쓰기 시작한다. 그러나 편지가 적히는 곳은 일기장. 작가에게 보낼 수 없는 편지였다. 수신인에게 도착하지 못한 이 편지를 추천하는 이유는 일기로 편지를 어떻게 쓸 수 있는지, 편지가 어떤 매력을 갖고 있는지를 알 수 있기 때문이다. 편지의 힘을 믿는 사람들과 함께 읽고 싶은 책이다.

『작가들의 우정편지』 김다은 엮음 | 생각의나무 | 2007년

삶이 메마른 땅 같다고 느꼈을 때 지하철에서 이 책을 읽다가 엉엉 울었던 적이 있다. 문장이 너무 아름다웠기 때문이다. 작가들이 친구에게 보낸 편지를 모은 이 책은 영혼을 적시는 아름다운 문장을 읽을 수 있음은 물론 우정이란 무엇인가를 생각하게 만든다. 내 삶의 어느 한 시절을 공유하고 있는 친구와 어떤 이야기를 나눌 수 있는지, 아름다운 시절과 문장이 무엇인지 궁금해할 이들과 읽고 싶다.

『채링크로스 84번지』 헬렌 한프 | 이민아 옮김 | 궁리 | 2021년

단 한 번의 만남 없이도 편지로 소통하고, 마음을 주고받고, 우정을 쌓을 수 있음을 알려주는 책이다. 전운이 남아 있던 1949년, 미국에 사는 무명 작가 헬렌 한프는 영국에 있는 한 중고서점에 책을 구해달라는 편지를 보낸다. 이 편지를 시작으로 작가와 서점 직원들은 20년 동안 편지를 주고받는다. 책에는 이들이 주고받은 편지 내용이 그대로 실려 있어, 독자들은 책 주문에서 시작된 편지가 어떻게 우정으로 변해가는지 볼 수 있다. 편지의 힘을 느끼고자 하는 이들에게 권하는 책이다.

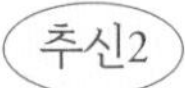

참고도서 · 자료

· 『젊은 베르테르의 슬픔』 요한 볼프강 폰 괴테, 박찬기 옮김, 민음사, 1999.

· 『생각을 걷다』 김경집, 휴, 2017.

· 『조르주 상드의 편지』 조르주 상드, 이재희 옮김, 지만지, 2012.

· 『세비녜』 안 포레 카를리에 외, 장진영 옮김, 창해, 2001.

· 『진귀한 편지 박물관』 숀 어셔 엮음, 권진아 옮김, 문학사상사, 2014.

· 『레오나르도 다 빈치』 알렉산드로 베초시, 김교신 옮김, 시공사, 2012.

· 『레오나르도 다빈치』 월터 아이작슨, 신봉아 옮김, 아르테, 2019.

· 『한국의 고전을 읽는다 3』 안대회 외, 휴머니스트, 2006.

· 『한국의 고전을 읽는다 5』 김석근 외, 휴머니스트, 2006.

· 『안네의 일기』 안네 프랑크, 배수아 옮김, 책세상, 2021.

· 『프리다 칼로, 내 영혼의 일기』 프리다 칼로, 안진옥 옮김, 비엠케이, 2016.

· 『문장강화』 이태준, 임형택 해제, 창비, 2005.

· 『가난한 사람들』 표도르 도스토옙스키, 석영중 옮김, 열린책들, 2010.

· 『패배의 신호』 프랑수아즈 사강, 장소미 옮김, 녹색광선, 2022.

· 『죽은 고양이를 태우다』 김양미, 문학세상, 2023.

· 『타키니아의 작은 말들』 마르그리트 뒤라스, 장소미 옮김, 녹색광선, 2020.

·『노인과 바다』 어니스트 헤밍웨이, 김욱동 옮김, 민음사, 2012.
·『딸에게 주는 레시피』 공지영, 한겨레출판, 2015.
·『이토록 긴 편지』 마리아마 바, 백선희 옮김, 열린책들, 2011.
·『사양』 다자이 오사무, 유숙자 옮김, 민음사, 2018.
·『각하, 문학을 읽으십시오』 얀 마텔, 강주헌 옮김, 작가정신, 2013.
·『우리 세계의 모든 말』 김이슬·하현, 카멜북스, 2021.
·『너는 다시 태어나려고 기다리고 있어』 이슬아, 헤엄, 2019.
·『다산의 철학』 윤성희, 포르체, 2021.
·『서간문 강화』 이태준, 깊은샘, 2004.
·『릴케의 프로방스 여행』 라이너 마리아 릴케, 이리나 프로벤 엮음, 황승환 옮김, 문학판, 2015.
·『플로베르의 나일 강』 귀스타브 플로베르, 이재룡 옮김, 그린비, 2010.
·『조선의 선교사, 선교사의 조선』 조현범, 한국교회사연구소, 2008.
·『앵베르 주교 서한』 수원교회사연구소 엮음, 천주교수원교구, 2011.
·『다블뤼 주교가 가족들에게 보낸 편지』 앙투안 다블뤼, 유소연 옮김, 기쁜소식, 2018.
·『우리의 마음은 남쪽을 향한다』 지크문트 프로이트, 천미수 옮김, 웅진북스, 2003.
·『작가들의 여행편지』 김다은·함정임, 예스위캔, 2009.
·『빈센트 반 고흐』, 빈센트 반 고흐, H. 안나 수 엮음, 이창실 옮김.
·『아내에게 보내는 편지』 라이너 마리아 릴케, 클라라 릴케 엮음, 옥희종 옮김, 가갸날, 2021.
·『아티스트 웨이』 줄리아 캐머런, 임지호 옮김, 경당, 2003.
·『더 레터』 나희덕·장석남, 좋은생각, 2011.

—

· "1800년 전 편지 발견, 수십 년 연구 끝에 복원 성공", 동아일보, 2014년 3월 12일.

· "'5·18 여고생 일기' 세계기록유산에 포함" 한겨레, 2011년 5월 25일.

편지로 글쓰기

1판 1쇄 찍음 2024년 4월 3일
1판 1쇄 펴냄 2024년 4월 15일

지은이 윤성희

주간 김현숙 | **편집** 김주희, 이나연
디자인 이현정, 전미혜
마케팅 백국현(제작), 문윤기 | **관리** 오유나

펴낸곳 궁리출판 | **펴낸이** 이갑수

등록 1999년 3월 29일 제300-2004-162호
주소 10881 경기도 파주시 회동길 325-12
전화 031-955-9818 | **팩스** 031-955-9848
홈페이지 www.kungree.com
전자우편 kungree@kungree.com
페이스북 /kungreepress | **트위터** @kungreepress
인스타그램 /kungree_press

ISBN 978-89-5820-880-8 03800